我老爸的胡言乱语

[美] 贾斯汀 · 哈本 (Justin Halpern) / 著
林步昇 / 译

湖南文艺出版社 博集天卷 CS-BOOKY

目录
Contents

自序 / 001
Introduction
No.1 绝对不要自以为是 / 001
Never Assume That Which You Do Not Know
No.2 我家绝不容任何人侵犯 / 013
A Man's House Is His House
No.3 绝对要乖乖听话 / 025
It's Important to Behave Oneself
No.4 绝对不能欺骗他人 / 039
Do Not Be a Goddamned Liar
No.5 绝对不可小看一块钱的价值 / 051
It's Important to Know the Value of a Dollar
No.6 起哄务必看对象 / 065
Not Everyone's Balls Should Be Busted
No.7 凡事尽力，事若不成就得当机立断 / 079
Try Your Best, and When That's Not Good Enough, Figure Something Out Quick
No.8 人不为己，天诛地灭 / 095
At the End of the Day, You Have to Make the Best Decision for Yourself

Contents

No.9 自信才能得到女人的心……不然至少可以得到身体 / 105
Confidence Is the Way to a Woman's Heart, or at Least into Her Pants
No.10 行为举止务必得体 / 117
Always Put Your Best Foot Forward
No.11 务必肯定自我的价值 / 129
You Have to Believe You're Worth a Damn
No.12 务必活得认真 / 143
Focus On Living, Dying Is the Easy Part
No.13 绝对不要随便相信权威 / 153
Don't Be So Quick to Buy into What Authority Prescribes
No.14 孩子是父母永远的牵挂 / 169
You Never Stop Worrying About Your Children
No.15 家人是你一辈子的依靠 / 185
At the End of the Day, at Least You Have Family
No.16 务必珍惜互相依赖的感觉 / 201
Sometimes It's Nice When People You Love Need You
No.17 务必用心倾听 / 215
You Have to Listen, and Don't Ignore What You Hear
致谢！！！ / 227
Thank You!!!

自序
Introduction

“去把你房间那些杂七杂八的东西收拾干净，不然乱得跟刚办完轰趴[1]一样。哦，你刚刚是说被女朋友甩啦？可怜。”

“All I ask is that you pick up your shit* so you don’t leave your bedroom looking like it was used for a gang bang. Also, sorry that your girlfriend dumped you.”

我二十八岁那年住在洛杉矶，女友则住在圣迭戈，我俩的远距离恋爱也堂堂迈入第三年。每逢星期五，我便开着 1999 年款的“福特漫游者”，沿着 I–5 州际公路，花三个半小时在车阵中龟速移动，前往两百公里之外的圣迭戈。我那辆车实在是很任性，动不动就抛锚，加上车内收音机故障，只剩一个电台可听，偏偏歌单又没变化，老爱播蹿红的饶舌歌手佛罗·里达（Flo Rida）。这下可好，一路塞在高速公路上，引擎不听话，方向盘纹丝不动，

① 轰趴是英文“home party”的音译，指和朋友、同事等在家中举办的疯狂派对。

耳边还传来DJ（流行音乐节目主持人）的嘶吼："现在就来欣赏饶舌新星佛罗·里达的最新主打歌《神魂颠倒》！一起狂欢一下！"

总之，远距离恋爱快把我搞垮了。所以到了2009年5月，我一得知Maxim.com[①]网站愿意给我一个在家工作的机会，就毫不犹豫地接受了，毕竟终于可以搬到圣迭戈和女友同住。岂料，我女友竟然对这件事没什么反应——所谓"没什么反应"，是指我出现在她家门口告诉她这个好消息时，她就跟我分手了。

我开车离去后，才想到自己不但女友没了，连住的地方也没了，因为我已经先跟洛杉矶的房东说我月底就会搬走。没多久，引擎自动熄火，我只好坐在车上，想尽办法重新发动。这时我突然想到，全圣迭戈市愿意收留我的人，可能就只剩我爸妈了。我把车钥匙在孔里转来转去，紧张到胃都快揪成一团了。这时，我心头一惊：我发现自己的车子正好停在一户人家前面，而那家人正在门口烤肉，搞不好以为我是个停车自慰的变态。幸好车子不到一分钟就发动起来了，我赶紧快速驶离，朝爸妈家开去。

我之所以一下子紧张起来，是因为每次有求于我爸，都搞得像在最高法院答辩一样，不但得清楚列举事实、有条不紊地论述，还要援引判例加以佐证。于是，我就这么突然回到爸妈家中。他们住在圣迭戈一个名叫诺马岬的军人社区，屋子不大，仅有三个小房间。我在客厅和爸妈没聊上两句，便搬出一套说辞，随即援引先

① 以男性读者为主的线上生活杂志，内容五花八门，多半关于美女、运动及娱乐花絮。

例，提到我哥丹尼尔二十九岁那年曾以“人生过渡期”为由，窝在家中好一阵子。但我才说到一半就被我爸打断了。

“可以啊。拜托，你不必跟我扯一堆屁话，想住这里当然没问题，去把你房间那些乱七八糟的东西收拾干净，不然乱得跟刚办完轰趴一样。”然后他接着说，“哦，你刚刚是说被女朋友甩啦？可怜。”

我上回住在老家已是十年前的事了，那时我在圣迭戈州立大学念书，刚升大二。爸妈都在工作，我妈在非营利组织当律师，我爸则是加州大学圣迭戈分校核子医学研究员，所以两人都不常在家。十年过去了，我妈还是每天上班，但我那位七十三岁的老爸已退休，赋闲在家，而且还是：整——天——在——家。

回家第二天一早，我大概八点半就起床了，在客厅摆好我的“办公装备”（笔记本电脑），准备开始写第一篇专栏文章，我爸则在一旁看电视。那时迈克尔·杰克逊刚死，于是我打算画幅漫画，描绘老天无视别人指控迈克尔·杰克逊有恋童癖，还是准许他上了天堂，因为他也是这位流行天王的铁粉儿（我的编辑后来说应该是圣彼得负责领他进天堂才对，但这不是重点）。我爸看我身穿睡衣睡裤在谷歌上搜索恶搞耶稣的图片，丝毫不觉得我是在工作，以为我闲着没事干。

他提高嗓门吼道：“搞神马啊！布里兹[①]干吗一直讲迈克尔·杰

① 布里兹（Wolf Blitzer），美国有线电视新闻网（CNN）著名主播。

克逊的事啊？人家总统都在他妈的俄罗斯要那些小王八蛋解除核武，这位老兄居然还在给我报道迈克尔·杰克逊！去你的布里兹！”

接下来一整天，我爸动不动就会被一些琐事惹毛，不时从厨房、院子或其他地方跑进客厅大喊诸如此类的话：“你是不是在我做给你吃的汉堡里加番茄酱了？”

“对啊，怎样？”

“‘怎样’？什么叫‘怎样’？那是汉堡中的极品啊，可不是外面卖的烂肉，我可是花时间做的。下次给你吃屎算了。”

回家真好。

记忆所及，老爸一直都是这种直肠子。小时候我怕死他了，压根儿不知道其实应该庆幸自己有这样一个全天下最不拐弯抹角的老爸：现在进入社会，成天都得应付一堆口是心非的同事和亲友。所以住在老家的那几个月，和我爸相处的时间越久，就越欣赏他那疯子般的发言和坦率的性格。

有一天我和老爸出门遛狗，狗狗名叫安格斯，它跑到邻居屋外的小树丛嗅来嗅去，老爸见状便转头对我说：“瞧那狗的屁眼。”

“啊？怎么了？”

“你看它屁眼扩张的样子，就知道它快要拉屎了。看吧，拉出来了。”

于是，狗狗果真在邻居院子里嗯嗯了，我爸则得意地站在一旁看着自己预言成真。就在那一刻，我恍然大悟，原来老爸这么明察秋毫，简直是个神仙。

当天傍晚，我就把他那句话码在 MSN 状态框里。从此，我每天都会拾一句我爸的牙慧，用来更新我的状态。后来有朋友建议我不如去申请推特（Twitter）账号，记录老爸那些令人叫绝的快言快语，“Shit My Dad Says”就这样诞生了。第一个星期，只有两三个朋友访问了我的空间，他们都认识我爸，觉得他超有个性。某天，我发现访问人数突破了一千，第二天变成一万，然后是五万、十万、二十万、三十万。突然之间，我老爸的大头照和名言竟出现在网络的各个角落。版权代理商打电话来，说要帮我出书；电视制作人邀请我上节目；记者也想采访我。

我第一个念头是：这下惨了。接下来的心情只能用恐慌来形容。

为了说明我爸有多讨厌镁光灯，在此要跟大家分享他对机智问答节目《危险边缘》（*Jeopardy!*）参赛者的看法。我爸饱览群书，博学广识。某个晚上，我在看《危险边缘》，他刚好晃进客厅，接着竟逐一答对主持人崔贝克的所有问题。我就说：“爸，你绝对应该去参加比赛啊！”

“开什么鬼玩笑？瞧瞧这群人，在这儿丢人现眼，一丁点自尊心都没有，这种节目我一想到就浑身不舒服！”

我知道自己早晚得跟他坦白，说我自作主张把他的语录发在网上，导致出版社和电视台都想拿来改编。不过在“自首”前，我先打了通电话给我大哥丹尼尔，暗自希望他会说我在大惊小怪、老爸是不会介意的。

“哇塞，真的假的？”他一边说，一边笑到不行。“跟你说，爸一定会……我根本不敢想象他会怎样。你最好要有被赶出家门的心理准备。要是我的话，绝对会先把东西打好包准备开溜，而且只带重要物品，随手一拿就可以走人。”

我决定先到附近晃一圈，仔细想想该说什么，再回去面对老爸。怎知这一晃就是好几圈，最后我花了一小时左右才走回家，刚好看到他坐在家门口，心情似乎不错。这个千载难逢的机会当然不能错过。

“老爸，我有件事情要跟你说……说起来有点怪。”我战战兢兢地坐在他身旁的躺椅上。

他答道：“你要跟我说怪事啊？怎么个怪法？”

我说：“就是呢……有个叫做推特的东西。”

“靠，我当然知道推特是什么东西，你当我白痴啊！我清楚得很，你要先连接网络才上得了推特。”他说“连接网络”的时候，还做着转动钥匙的动作。

于是我全招了，推特页面、访问空间的人数、新闻报道、出版商、电视制作人，一五一十地交代清楚。他静静地坐着听我说完，然后笑了笑，随即站起身，拍了两下裤子，说：“你看到我的手机了吗？打一下我的手机，我找半天了。”

我问："所以你……不反对吗？我写书引用你的话之类的都没关系？"

他说："干我屁事？别人怎么看我是他们的事。你爱出书就出书，我只有两个原则：不准找人来采访我；还有，你赚的钱自己留着。我他妈的自己有钱，不需要你来养。"他接着又说："快打我手机，真是见鬼了。"

咆哮吧！老爸！

Shit

"屎、粪"，原指生物排泄的废物（名词），或是排泄废物的动作（动词）。在日常用语中，视语境呈现多重含义，有时指"胡扯、荒谬"，有时指"一文不值的事物"。

例句："pick up your shit"直译为"捡起你的屎"，实际意义为"收拾好你那些乱七八糟的东西"。

英文委婉用法有时会以 sugar（糖）或 shoot（发射）等发音相近的词来代替。

例句：Oh, shoot!（哦，真倒霉！）

Shit My Dad Says

我老爸的
胡言乱语

No. 1

绝对不要自以为是

Never Assume That Which You Do Not Know

No. 1

“哟，你还自以为爷爷想跟你睡同一间啊？”

“Well, what the fuck* makes you think Grandpa wants to sleep in the same room as you?”

1987年夏天，我六岁。我表哥结婚了，婚礼在华盛顿州的农场举行。虽然我们家住在加州圣迭戈，但老爸最后决定要省下全家一千美元的机票钱。

他跟老妈说：“我干吗付两百美元，让一个六岁小孩坐飞机去参加婚礼啊！你觉得贾斯汀会在意吗？他两年前还要人家帮他擦屁股咧！如果全家都要去，那就开车吧。”

结果我们还真的开车去了。当时家里的那辆老爷车是福特1982年款雷鸟，我们三兄弟坐在后座上。我夹在丹尼尔和艾文中间，丹尼尔那年十六岁，艾文十四岁且瘦瘦高高的，老妈坐副驾驶座，老爸负责开车，一家五口就这么上路了，前往三千公里之外的华盛顿州。车子开了不到六公里，我和老哥就开始相互调侃起来，但多是他们占上风，还说："你坐姿也太娘了吧！分明就是个 gay（男同性恋）！"老爸猛然将方向盘一打，把车靠向路边，轮胎发出尖锐的摩擦声，然后他倏地转过头来，紧盯着我们三个。

"给我听好了！我可没工夫教训你们三个小屁孩，听懂没？现在开始全都给我安分点，像个正常人。"

可我们还是没能安分，因为真的安分不了，毕竟当时的情况实在不是"正常人"可以忍受的。总共五个人，就有三个未满十七岁的大男孩几乎无缝地挤在后座上，如此持续十六个小时，车则在无止境的公路上龟速移动。此情此景，丝毫不像一家人要去度假，反倒像在逃难。车足足开了一天一夜，我们身上又湿又黏，也越来越不耐烦。老爸气急败坏，不断自言自语："鬼扯，我们开车绝对到得了，就不信华盛顿州能远到哪里去！"

从家出发整整一天半后，总车程超过了二十四小时，我们终于抵达了华盛顿州首府奥林匹亚。所有哈本家族的成员聚集在一家饭店大厅里，共有六十人到场，其中还包括我那九十岁的爷爷。爷爷虽然话不多，但脾气不小，最讨厌别人替他大惊小怪。他毕生都在肯塔基州经营一个烟草农场，七十五岁才退休。尽管现在年纪大了点，却依旧认为除非"必要"，否则自己的事绝不要别人插手。

哈本家族把饭店某层的房间全包了下来，每间房要睡两个人，不过大家尚未分配房间。我两个老哥马上就说要住同一间，而老爸老妈想必也住一间，只有我落单。不知为何，那些叔叔阿姨都觉得我应该和爷爷住一间，这样才“可爱”。爷爷之前来圣迭戈跟我们住过一阵子，我还记得他老爱在房间里藏一瓶野火鸡牌威士忌，有事没事就拿出来偷灌上两口。有一回他偷喝时被丹尼尔撞见，还自己大喊：“被发现了！”然后笑个不停。我也记得爷爷下床其实需要别人搀扶，但只要有人主动帮忙，他就会大发脾气。所以我一点也不想和爷爷住一间，但我也只能把想法闷在心里，不然大家一定会觉得我很没礼貌。

所以，我就做了一件六岁小孩耍赖时都会做的事：装病。这下可好了，大家都跑来关心我。众阿姨婶婶一听到我不舒服，连忙带我冲向过道的另一头，来到我爸妈的房间，破门而入，搞得像在拍《急诊室的故事》一样。

此时老爸开吼：“好了！大家冷静一点，吵死人了！现在都先出去，我来看看这小鬼怎么了。”阿姨婶婶离开后，只剩我跟老爸两人。他直盯着我的眼睛看，用手摸了摸我额头。

“你刚才说不舒服，是吧？哼，鬼扯，有病才怪。你在搞什么？我们可是大老远开车来的，我现在累得半死，有话就直说！”

我回答：“大家都要我跟爷爷睡一间，可是我不想……”

Shit
My
Dad
Says

我第一天上幼儿园

“你觉得很可怕吗？如果连幼儿园都把你吓成这样，我只能说你接下来的人生会很惨。”

On My First Day of Kindergarten

"You thought it was hard? If kindergarten is busting your ass, I got some bad news for you about the rest of life."

“哟，你还自以为爷爷想跟你睡同一间啊？”

这我倒是没想过：“不知道。”

“好，我们一起去问他。”

我们父子俩走到爷爷抢先占好的房间，他正准备上床睡觉。

“爸，我跟你说，贾斯汀不想跟你睡同一个房间，你觉得呢？”

我整个人缩在老爸身后，但他一直把我往前推，要我面对爷爷。爷爷瞧了我一眼，然后说：“当然，我也不想跟他睡同一间，我就想自己好好待着。”

老爸转过身来看着我，一副得意扬扬的样子，好像自己发现了谋杀案的重要线索。他说：“听到没？人家也不想跟你睡，好吗？”

咆哮吧！老爸！

Fuck

通常作动词使用，字面义为“性交”，可作及物动词（fuck you）或不及物动词（don't fuck with me），一般使用者不小心说溜嘴时会翻译成“靠”。

词源可追溯至 15 世纪末，以拉丁文加英文的形式出现，但《牛津英文词典》要到 1972 年才愿意将它收录。

现代用法已演化出各种词性，例如：在 “She is a good fuck!” 中，它作名词使用，意思为“她超辣／超正点！”，但此句的性暗示强烈，通常只有铁哥们儿之间才会使用，若乱用可能会挨巴掌。

又如文中 “What the fuck makes you think Grandpa wants to sleep in the same room as you?” 它便作感叹词，使用与否对文意没有影响，只有情绪上的变化，意思都是：“你凭什么认为爷爷想跟你睡同一间房啊？”译得传神些就是：“你他妈的自以为爷爷想跟你睡同一间啊？”

也可作形容词、副词等，用来表达愤怒、恐惧、震惊、烦恼甚至兴奋等。

老爸珠玑集

★ 论“如厕训练”

“你已经四岁了，所以大便要拉在马桶里。这件事完全没有商量的余地，别想讨价还价。你给我拉在马桶里就对了！”

☆ On Toilet Training

"You are four years old. You have to shit in the toilet. This is not one of those negotiations where we'll go back and forth and find a middle ground. This ends with you shitting in a toilet."

★ 论"我第一天上幼儿园"

"你觉得很可怕吗？如果连幼儿园都把你吓成这样，我只能说你接下来的人生会很惨。"

☆ On My First Day of Kindergarten

"You thought it was hard? If kindergarten is busting your ass, I got some bad news for you about the rest of life."

★ 论"意外事件"

"事情的经过关我屁事？！窗户破了就是破了……等等，为什么糖浆洒得到处都是？好样的，现在可就关我的事了，把事情给我交代清楚。"

☆ on Accidents

"I don't give a shit how it happened, the window is broken.... Wait, why is there syrup everywhere? Okay, you know what? Now I give a shit how it happened. Let's hear it."

★ 论"我的七岁生日派对"

"不行，你的生日派对绝对不准弄什么充气房子……什么叫为什么？你有没有想过，我们家后院能摆得下那该死的充气房子吗？……对啊，你当然没想过，都是你爸在伤脑筋，你只要负责做白日梦就好了。”

☆ On My Seventh Birthday Party

“No, you can't have a bouncy house at your birthday party.... What do you mean why? Have you ever thought to yourself, where would I put a goddamned bouncy house in our backyard? ... Yeah, that's right, that's the kind of shit I think about, that you just think magically appears.”

★ 论“跟陌生人说话”

“听着，如果有人对你很好，但是你不认识他，快跑。没有人会无缘无故对你好的，就算有，哼，就让他去对别人好吧。”

☆ On Talking to Strangers

“Listen up, if someone is being nice to you, and you don't know them, run away. No one is nice to you just to be nice to you, and if they are, well, they can go take their pleasant ass somewhere else.”

★ 论“餐桌礼仪”

“搞什么鬼！拜托你不要每次都吃得到处都是好吗？……不小心才怪，琼妮，他是故意的，如果不是故意的，那就是他脑残。但真要是这样，之前早就检查出来了。”

☆ On Table Manners

“Jesus Christ, can we have one dinner where you don't spill something?... No, Joni, he does do it on purpose, because if he doesn't, that means he's just mentally handicapped, and none of the tests showed that."

★ 论"哭泣"

"你哭我倒无所谓，但你鼻涕流下来要怎么处理咧？要用手擦，还是用衣服擦？这样真够脏的。我的妈呀！你该不会又要哭了吧？！"

☆ On Crying

"I had no problem with you crying. My only concern was with the snot that was coming out of your nose. Where does that go? On your hands, your shirt? That's no good. Oh, Jesus, don't start crying."

★ 论"第一次在朋友家过夜"

"请不要半夜尿床。"

☆ On Spending the Night at a Friend's House for the First Time

"Try not to piss yourself."

★ 论"被人取笑"

"他说你是同性恋，那又怎样，同性恋是很正常的事……嘿！我又没说你是同性恋，莫名其妙，难怪那个小鬼会说你是同性恋。"

☆ On Being Teased

"So he called you a homo. Big deal. There's nothing wrong with being a homosexual.... No, I'm not saying you're a homosexual. Jesus Christ. Now I'm starting to see why this kid was giving you shit."

★ 论“做自己”

“这是我家，我爱穿衣服就穿衣服，爱脱掉就脱掉。一会儿你有朋友要来跟这件事情没任何关系，我管你啊！”

☆ On Feeling Comfortable in One's Own Skin

"It's my house. I'll wear clothes when I want to wear clothes, and I'll be naked when I want to be naked. The fact that your friends are coming over shortly is inconsequential to that—aka I don't give a shit."

Shit My Dad Says

我老爸的胡言乱语

No. 2

我家绝不容任何人侵犯

A Man's House Is His House

No.2

“这是我家哎，该死！我保护我自己的家，哪里不对！”

“This is my house, goddamn it*! I gotta defend MY house!”

我七岁时，有天被老爸叫到他房间。他秀出一把猎枪，然后握着枪跟我说：“这是扳机，这是弹匣；这个是准星，用来瞄准猎物；然后，枪要这样拿。”最后又加了一句，“就这样，以后不准乱碰这把枪。”

老爸之所以在床头柜上摆一把猎枪，是因为他深信我们家随时有可能被抢。“我们家那么多玩意儿，一定会有人暗中惦记的。我才不想让他们得逞，懂了吗？”我懂，但对我爸来说，只要凌晨一点以后家中发出任何声响，十之八九是有小偷闯入。我一直不懂他的焦虑从何而来，毕竟我们住的郊区十分平静。我问过他这个问题，他只回答：“我跟你的年代不一样。”

“老爸，那你是怎样的年代？”

“我哪知道，反正不一样就对了。拜托你，不要问一堆烂问题，有老爸当靠山，要懂得感恩才对。”

虽然老爸无时无刻不担心家里遭小偷，但他上床睡觉时却非常“放松”。我的意思是，他有裸睡的习惯。我爸裸体的时候，活像《芝麻街》里的玩偶，会从树丛后跳出来，活蹦乱跳地唱着：“Superhairy, with eyebrows that defy gravity.（浑身毛茸茸，眉毛挑高高。）”

老爸向我展示完猎枪之后没几天，某个晚上，大概凌晨一点四十五分的时候，他突然醒来，听到厨房传来低沉的声响，旋即拿了床头柜上的猎枪，要我妈安静地待在床上，然后一个人举着猎枪，手扣扳机，光着屁股就朝厨房走去。他沉重的步伐经过我门口，我立刻就醒了。于是我从房间探出头，恰好看到他四肢着地、手持猎枪，向通往厨房的那扇门匍匐前进。我爸爬到一半，把猎枪瞄准关着的门，大吼：“给我走出门来，老子一枪毙了你！”

其实在厨房里的是老妈的妹妹——我的吉妮姨妈，她当时借住我们家，不知道我爸深信“一点之后皆小偷”这个道理，本来只是打算弄点夜宵来吃。她一听到这句死亡威胁，马上开了门，一眼便瞧见老爸全身赤裸地匍匐在地，光溜溜的屁股则被厨房灯照得亮闪闪的，还有一支直挺挺的猎枪对准她。她快速从我爸身边跑过，冲进自己房间，砰的一声把门甩上。我爸还以为她只是怕小偷，所以仍一副草木皆兵的样子，准备抓贼。在屋子另一头的老妈还没搞清楚门外发生什么事，就打电话报了警，然后扯着嗓门喊："山姆，警察快来了！快点放下枪，穿上衣服！"

"哪还管那么多！这是我家哎，该死！我保护我自己的家，哪里不对！"他这么吼了回去。

警察终于出现了，判断屋内无外人入侵迹象，于是劝我爸把衣服穿上、枪收起来。

第二天一早，我跟爸妈还有哥哥坐在餐桌前吃早餐，大家都不发一语。姨妈自从昨天逃离"案发现场"，还没出过房门，后来总算出来吃早餐了，但也不太说话。老哥以为我不知道发生了什么事，还特意靠了过来，在我耳边低声说："姨妈看到老爸的鸡鸡了，还差点死在老爸枪下。"

老爸转头看着我们，正儿八经地说："我觉得有必要跟你们说一下昨晚发生的事。没有小偷入侵。但是记住，我家绝不容任何人侵犯！"

他又吃了两口麦片，然后一派轻松地说："好，上班去啰。"

Shit My Dad Says

绅士风度

“让妈妈坐前座……就算她让你坐也不行，妈妈本来就会让着小孩，但小孩应该说：‘真的不用，你请坐。’你以为我开车会让老婆坐后座，而让九岁小鬼坐前座吗？你疯了吗，小兔崽子！”

On Chivalry

"Give your mother the front seat.... I don't give a shit if she said you could have it, that's what she's supposed to do, and you're supposed to say, 'No, I insist.' You think I'm gonna drive around with my wife in the backseat and a nine-year-old in the front? You're a crazy son of a bitch."

咆哮吧！老爸！

Goddamn it

正确用法是 God damn it，祈使句，意思是“老天诅咒它”，用来表达沮丧、愤怒之意。完整的意思是“愿老天诅咒它下地狱（may the Christian God damn it to hell）”，直接而简洁的意思是“天杀的”、“该死”或“妈的”（damnit）。例如：“I can't make the computer work, goddamn it!”，意思是：“我的电脑死机了，该死！”

老爸珠玑集

★ 论“绅士风度”

“让妈妈坐前座……就算她让你坐也不行，妈妈本来就会让着小孩，但小孩应该说：‘真的不用，你请坐。’你以为我开车会让老婆坐后座，而让九岁小鬼坐前座吗？你疯了吗，小兔崽子！”

Shit My Dad Says

☆ On Chivalry

"Give your mother the front seat.... I don't give a shit if she said you could have it, that's what she's supposed to do, and you're supposed to say, 'No, I insist.' You think I'm gonna drive around with my wife in the backseat and a nine-year-old in the front? You're a crazy son of a bitch."

★ 论"糖果"

"天哪！不过是一根巧克力棒，你们就吵得屋顶都炸开了。现在都给我出去！把脑袋里的'大便'给我清空，否则不准进门。"

☆ On Candy

"Jesus Christ, one fucking Snickers bar, and you're running around like your asshole is on fire. Okay, outside you go. Don't come back in until you're ready to sleep or shit."

★ 论"参加营队"

"放轻松，没事的。反正就是大家一起生营火、搭帐篷、睡外面，很好玩的……哦，是篮球营啊？唔，那样的话，我刚说的话都不算，重来。反正就是大家一起……打篮球，我猜。"

☆ On Going Away to Camp

"Relax, it'll be fine. You'll build fires, set up tents, sleep outside, it'll be fun.... Oh, it's basketball camp? Huh. Well, cross out that shit I said you were gonna do and just replace it with 'play basketball,' I guess."

★ 论“暑假生活”

“休想整天待在家看电视。如果现在是玩《大奖换不换》① 之类的游戏，不管你选哪个门，都不会出现‘看电视’这个选项。”

☆ On Summer Vacation

“Watching TV all day is not an option. If this were *Let's Make a Deal*, that would not be behind one of the doors to choose from.”

★ 论“捉迷藏的禁区”

“你这小子躲在我衣柜里干什么？嘘什么嘘，搞清楚，这他妈的可是我的衣柜！”

☆ On Off-Limits Zones in Hide-and-Go-Seek

“What the fuck are you doing in my closet? Don't shush me, it's my fucking closet.”

★ 论“运动家精神”

“你球投得很好，真的不错。老爸以你为荣。可惜的是，你的队很烂……不行，不能因为人家烂就去‘调戏’人家。放心，他们以后被‘调戏’的机会可多了。”

☆ On Sportsmanship

“You pitched a great game, you really did. I'm proud of you. Unfortunately, your

① 《大奖换不换》（*Let's Make a Deal*）：源于美国的电视游戏节目，参赛者要在三扇关闭的门中选择一扇，其中一扇门后有大奖（如汽车），另外两扇门则是“安慰”奖（如羊或猪）。参赛者决定好之后，主持人会在剩下两扇门中打开没有大奖的一扇门，再问参赛者要不要换门。

team is shitty.... No, you can't go getting mad at people because they're shitty. Life will get mad at them, don't worry."

★ 论“在学校闯祸”

“你为什么要拿球砸别人的脸？……这样哦，那他活该被砸。嗯，老师不爽是他的事，我不会怪你。”

☆ On Getting in Trouble at School

"Why would you throw a ball in someone's face? ... Huh. That's a pretty good reason. Well, I can't do much about your teacher being pissed, but me and you are good."

★ 论“圣诞节礼物清单”

“你竟然挑了二十五件礼物，还按期望程度排序？耍什么宝？我是问你想要什么圣诞礼物，谁叫你弄个人气排行榜这种鬼东西给我。”

☆ On Making a Christmas List

"You ranked the twenty-five presents you want, in order of how much you want them? Are you insane? I said tell me what you want for Christmas, not make a fucking college football poll."

★ 论“滑水道”

“要玩你自己去玩，我才不想滑进一池臭小孩的尿液中。”

☆ On Waterslides

"You go on ahead. I'd rather not be shot out of a tube into a pool filled with a bunch of nine-year-olds' urine."

★ 论"自己准备午餐"

"一定带个三明治去学校，不准只装饼干和垃圾食物……不对，我的意思是，如果你想自己准备午餐，可以带自己喜欢的点心，但不代表你可以乱带一通。"

☆ On Packing My Own Lunch

"You have to pack a sandwich. It can't just be cookies and bullshit.... No, I said if you packed it yourself, you could pack it how you want it, not pack it like a moron."

Shit My Dad Says

我老爸的
胡言乱语

No.3

绝对要乖乖听话

It’s Important to Behave Oneself

No.3

“靠，搞什么鬼！我只不过要你安安分分地坐上两小时，让我好好把甲状腺癌讲完！”

“Fucking hell*! All I asked, goddamn it, was that you sit still for a couple hours while I lectured on thyroid cancer!”

我十岁那年，老妈决定要去读法学。老爸相当支持她追求自己的理想，虽然这意味着他得担起更多责任来照顾我。

老妈展示出她第一学期的课表后，老爸就对我说：“我们俩之后会有很多时间相处，不过我大部分的时间都要工作，所以你得给我乖乖在旁边自己玩。”

我跟大多数小孩一样，从来没真正搞懂爸爸做的是什么工作。我只知道他的工作跟“核医学”有关，而且下班回家后的他常常一副疲累又易怒的样子。妈妈去读法学之前，如果碰巧某个工作日下午刚好有事，就会把我带到爸爸工作的医院。老爸会从办公室里出来接我，从口袋拿出一根士力架递给我，再带我到旁边的备用办公室，然后说：“我大概还要忙两小时，所以你自己在这里坐一下。”

接着，我总是要他给个确切时间：“最久两小时吗？还是可能会等更久？”

“我哪知道，你当我是鬼扯的算命师吗？反正我只要忙完了，就可以走了，到时候再买冰激凌给你吃。”

接着，我爸会环顾办公室四周，拿一本杂志给我读。

“喏，你可以翻翻《新英格兰医学期刊》，里面很多东西都蛮有趣的。”

后来，老妈忙功课忙到不可开交，于是老爸得付出更多心力来减轻她的负担，我也就越来越频繁地在午后无聊地等他下班一起回家。周末通常还好，因为我可以去朋友家玩。但刚好有个周末，老妈忙着准备考试，老爸则要发表一场演说给上百位医生听，却没半个亲朋好友有空照顾我。

老爸这么跟老妈说：“我觉得可以让他自己在家玩，不会有事的。”

老妈回答：“山姆，他不能一个人孤零零在家。他才十岁。”

“好啦，我带他一起出门就是了，真啰唆。”

我跳上老爸那辆奥兹莫比尔汽车，一起前往加州大学圣迭戈分校。一路上他话不多，但我看得出来他很不爽。车子在演讲厅前停了下来，老爸转头跟我说："你得给我乖乖的，知道吗？不准捣蛋。"

我问："我可以画画吗？"

"画画？你要画什么东西？别有人经过，看到你画两只狗在交配之类的鬼东西就行了，否则你爸我的专业形象就毁了。"

我说："我不知道要怎么画狗在交配，我只是要画飞机而已。"

于是老爸打开黑色的真皮公文包，递给我一张有横线的笔记本内页和一支彩色圆珠笔。我下了车，跟在他后头，穿过大楼里一道道的玻璃门来到大厅，然后进入演讲厅，里面到处都是医生，大家好像都认识老爸。他把我介绍给几个人，随即带我到最后一排，离前面的讲台大约三十米远。

"好，你就坐在这里。这个巨无霸士力架给你，如果你想睡觉，就吃下去。"他边说边拿出巧克力棒，大小跟我的前臂差不多，"就这样，我要去忙了。"

医生陆续就座之后，会议旋即开始。我爸坐在讲台上，某位额头很高的先生开始致辞。大概两分钟之后，我就把那支特大士力架给吃光了，然后开始感到三十五克的糖在我血液中蠢蠢欲动。每分钟都犹如一小时那么漫长，我实在无法坐着不动，于是决定躺在地上，一来可以平复一下心情，二来又不会让人瞧见。我才刚匍匐在地，就听见那位先生介绍老爸出场。我抬起头，正好和三十米外的老爸四目相接，他紧盯着我，仿佛一直都在注意我的一举一动。我立刻把头缩回来，躲在椅子后面。

我蜷伏在地上，发现我整个人恰好可以钻到椅子底下，而每排座位也都刚好有几把椅子没人坐。我灵机一动，想到一个好玩的游戏：从最后一排匍匐前进，再利用空的椅子当做掩护，就可以在不影响其他人的情况下，逐渐向前排移动。于是我小心翼翼地开始了这场冒险之旅，先是横向移动，神不知鬼不觉地从一个个医生的屁股底下穿过，再向前爬进前一排的空椅子底下，十足像在玩真人版的“青蛙过街[①]”。我越爬越熟练，也顺利前进了七排，才发觉前面没空位了，便掉头想往回爬，但只见后排的空位已经有人入座，当下进退不得。

老爸的声音透过麦克风传来，那声音仿佛来自天上，像是上帝在谈论分子生物学。我心一横，想如果要回到原来的位子，只有从十五位左右医生的脚下爬到中央走道，然后再尽量压低身子溜回座位，才不会被老爸瞧见。倒霉的是，那些医生并没有感受到我想低调行进的用心，丝毫不配合“演出”，反而在

① 青蛙过街（Frogger）：20 世纪 80 年代极受欢迎的大型电玩游戏。

我爬经他们脚边时，纷纷站起身子，还发出恼怒的低语。虽然我人在地上，看不到上面发生什么事，但我听到老爸的演讲戛然而止，想必他知道事情不对劲儿了。我僵在原地动也不敢动。不久，演讲继续进行，我想危机解除了，立刻向前冲刺，眼看只差两把椅子便可到达走道，我的膝盖却不小心撞到一位胡子男的平底鞋。他吹胡子瞪眼地说："搞什么啊！这也太不像话了吧！"

老爸的演讲再度停了下来。我慢慢从最后一把椅子下爬出，头转向讲台，正好看到他瞪着我，众人目光也落在我身上。

整个演讲厅鸦雀无声，我站起身来，装作若无其事的样子走回座位，同时目光避开大家不可思议的眼神。我坐回位子。过了一会儿，老爸又开始演讲。他涨红的脸活像一颗怒目横眉即将狠狠砸来的躲避球，而谈论甲状腺癌的声调则极像橄榄球教练在修理球员。

老爸很快结束了演讲，并草草回答了两三个问题。观众才刚开始鼓掌，他就直接从讲台上跳下，直直朝我走来，无视那些起身要与他攀谈或向他致意的医生。他抓着我裤子后面的腰带，把我当成整打啤酒瓶那样拎起，推开一道道门进入大厅，再走出大楼，一路上就这样拎着我走到停车处，打开车门，把我扔进前座，坐上驾驶座，深呼吸了几口，脖子青筋暴现，转向我，咬牙切齿地大吼："靠，搞什么鬼！我只不过要你安安分分地坐上两小时，让我好好把甲状腺癌讲完！”然后他快速驶离停车场，回家的路上不发一语。

到家后，老爸打开前门，我则默默站在一旁的门垫上，忽然他转过头来，平静地对我说：“听好，我现在知道了，刚才的场合不适合小孩。现在我要先进屋子，你就给我待在外面玩。因为呢，我脑袋他妈的快炸开了。”他关上门，我则站在门外，不知如何是好。此时屋内传来歇斯底里的嘶吼：“嗷！！！”

过了约一个半小时，他从后门探出头来，我坐在后院的草坪上。

他说：“想进来的话就进来！记得先洗手再去碰其他东西，演讲厅的地板就跟屎一样臭，亏你还敢在上面像猴子一样爬来爬去。”

咆哮吧！老爸！

Hell

地狱，原指来世受苦和惩罚之处。碰到不同语境有不同的意思。例如“go to hell”是一种咒骂，有要人“去死”“滚蛋”之意。“What the hell!”的字面义是一种惊叹，直译为“好个鬼！”，但放在句尾，意思常变成“管他的！”，放在句首则变成“搞什么（鬼）！”。

文中“fucking hell”可谓“what the hell”的活用变形，在前头加上“靠”，整体效果大为升级。

老爸珠玑集

★ 论“发现我没被选入少儿棒球明星队”

“真是他妈的烂透了，那些教练都挑自己的小孩。这种烂家伙的小孩连帮你拿护裆的资格都没有……什么叫做你没穿护裆？你是哪里有毛病啊？”

☆ On Finding Out I Didn't Make the Little League All-Star Team

“This is bullshit. All the coaches just put their kids on the team. That shit bag's son isn't worthy of carrying your jock strap.... You don't wear a jock strap? What the hell is wrong with you, son?”

Shit My Dad Says

七年级的第一支舞

“你擦香水了吗？……儿子，我们家没有半瓶古龙水，只有你妈有香水。我闻过那个香味。不得不跟你说，在十三岁的儿子身上闻到老婆的味道，只能用不舒服这个词来形容。”

On My First Dance in Seventh Grade

"Are you wearing perfume?... Son, there ain't any cologne in this house, only your mother's perfume. I know that scent, and let me tell you, it's disturbing to smell your wife on your thirteen-year-old son."

★ 论“送我上学”

“是你同学的父母吗？开车不看路的混账东西！这里可是小学停车场，不是什么曼哈顿市中心。”

☆ On Dropping Me Off at School

“Your friends' parents drive like assholes. Tell them it's an elementary school parking lot, not downtown fucking Manhattan.”

★ 论“养狗”

“那谁来照顾狗？你吗？……儿子，别忘了你昨天回家时手上还沾着大便，而且是人类的大便。我不知道这是怎么回事，但是如果有人连手都会沾到大便，就表示或许他还负不起责任。”

☆ On Getting a Dog

“Who's going to take care of it? You?... Son, you came in the house yesterday with shit on your hands. Human shit. I don't know how that happened, but if someone has shit on their hands, it's an indicator that maybe the whole responsibility thing isn't for them.”

★ 论“每天洗澡”

“你已经十岁了，所以每天都得洗澡……我不管，就算讨厌也要洗。没有人喜欢小臭蛋，我也不想有个臭蛋儿子。”

☆ On Showering with Regularity

“You're ten years old now, you have to take a shower every day.... I don't give a shit if you hate it. People hate smelly fuckers. I will not have a smelly fucker for a son.”

★ 论“乐高积木”

“听好，我不是要扼杀你的创意，但你盖的那个东西，简直就是一坨屎。”

☆ On LEGOs

“Listen, I don't want to stifle your creativity, but that thing you built there, it looks like a pile of shit.”

★ 论“学校的父亲日”

“这些可以请假的家长是吃饱没事干吗？我就算真要休假，也绝对不会去跟一群十一岁的小鬼排排坐。”

☆ On Bring-Your-Dad-to-School Day

“Who are all these fucking parents who can take a day off? If I'm taking a day off, I ain't gonna spend it sitting at some tiny desk with a bunch of eleven-year-olds.”

★ 论“六年级的家长会”

“我觉得那个老师看你不顺眼，所以咧，我也看她不顺眼。你确实没有优秀到哪里去，但绝对是个好孩子，莫名其妙！她搞什么啊。”

☆ On My Sixth-Grade Parent-Teacher Conference

“I don't think that teacher likes you, so I don't like her. You ding off more shit than a pinball, but goddamn it, you're a good kid. She can go fuck herself.”

★ 论“七年级的第一支舞”

“你擦香水了吗？……儿子，我们家没有半瓶古龙水，只有你妈有香水。我闻过那个香味。不得不跟你说，在十三岁的儿子身上闻到老婆的味道，只能用不舒服这个词来形容。”

☆ On My First Dance in Seventh Grade

“Are you wearing perfume?... Son, there ain't any cologne in this house, only your mother's perfume. I know that scent, and let me tell you, it's disturbing to smell your wife on your thirteen-year-old son.”

★ 论“不敢在小学厕所上大号”

“儿子，你抱怨也要看对象，你爸随时随地都能大便，这就是我厉害的地方，搞不好还是我最了不起的地方咧。”

☆ On Being Afraid to Use the Elementary School Bathrooms to Defecate

“Son, you're complaining to the wrong man. I can shit anywhere, at any time. It's one of my finer qualities. Some might say my finest.”

★ 论“我在少儿棒球联盟选拔赛五十米短跑得到最后一名”

“你的样子，实在有点像是被一群蜜蜂追着跑。我还看到那个拿着秒表的小胖子开始大笑……这么说好了，被胖子嘲笑绝对不是什么好事。”

☆ On My Last-Place Finish in the 50-Yard Dash During Little League Tryouts

"It kinda looked like you were being attacked by a bunch of bees or something. Then when I saw the fat kid with the watch who was timing you start laughing.... Well, I'll just say it's never a good sign when a fat kid laughs at you."

Shit My Dad Says

我老爸的胡言乱语

No.4

绝对不能欺骗他人

Do Not Be a Goddamned Liar

No.4

“你把整个科学界的脸都丢光了。你这是侮辱爱因斯坦，还侮辱了所有人！”

“You have shamed the entire scientific community. Fucking Einstein, everybody.”

我向来都不太擅长数理化，却比较喜欢读历史或文学故事，周期函数或元素周期表之类的东西只会让我倒胃口。所以，六年级的时候，有一次班上每个同学都要设计一个实验，用来参加四月底举行的校内科展，我心情的恐慌程度就像现在有人告诉我得去参加电视剧《实习医生格蕾》一整季的演出。我爸则乐坏了，毕竟他过去二十五年来都在从事医学及科学研究。

我接到这份作业的当晚，他就对我说：“这么一来，你就可以稍微了解一下你爸每天在忙什么了。我绝对会盯紧你每个步骤，让你交出学校历史上最棒的实验成果，休想蒙混过关。”

我满心期盼地问：“你会跟我一起做实验吗？”

“什么？想得美！我整天都在做实验，累得跟狗一样，不是刚跟你说了吗。”

老爸坐到客厅沙发上，并示意我坐到他旁边。

“好，所有的实验都从问题开始。你想问什么问题？”

我想了几秒钟后说：“我觉得狗很好玩。”边说边指着我们家五岁的布朗尼，它是只混种的拉布拉多。

“啥？你在讲什么鬼话？这算哪门子问题啊！”

“那就……大家觉得狗好玩吗？”

“我的妈呀！”他揉了揉太阳穴后又说，“要像样点的问题，例如：大的物体落下的速度是否比小的物体快。要问就问此类问题！”

“好，那问题可以跟狗有关吗？”

“随你便，跟狗屎有关都可以。好，既然你非谈论狗不可，那就问：狗会分辨形状吗？听起来不错吧？”

确实不错。我很爱布朗尼，当然很高兴它能参与实验。老爸帮我草拟了实验的每个步骤，基本流程如下：我每天要在狗狗面前举起三张纸，上面分别画着三角形、圆形和正方形。如果我举起的是圆形，就要给它吃东西；如果是正方形，就要叫它坐下；如果是三角形，就不必做任何事。训练十五天后，再另外进行两天测试，依然拿这三种形状给布朗尼看，但不给它任何东西或指令，再把它的反应记录下来。实验目的就是观察布朗尼看到形状后，是否会像预期的那样作出相应的反应。而我的任务就是把这十七天的训练过程和结果，详细记录在实验日记中。

进行“研究”的第一天，实在无趣到极点。狗狗根本搞不清楚状况，只会直愣愣地看着拿图片的我，然后不时舔舔毛。它大部分的时间只想玩，所以我就到后院让它追着跑，跑到累为止。老爸每晚都忙到半夜，也不知道我没好好做实验。他会不时问一下我的进度，我都说一切顺利，自以为时间还很多，只要在作业上交期限前十七天开始就行了。可是之后，我却把这件事忘得一干二净。

某天课堂上，老师提醒我们三天后就是交实验报告的日子，这消息有如晴天霹雳。那天是妈妈接我放学，我一到家就冲进房间，关上门，拿出实验日记，开始凭空捏造实验记录，再乱填实验日期。我很快就想到一个狡猾的办法来隐藏自己偷懒的事实：直接写实验到了最后，狗狗渐渐可以辨认形状，而在最后两天的测试中，我不需要给狗狗奖赏，它也可以对不同形状作出正确的反应。我记得巴甫洛夫曾对狗进行过类似的实验[①]，搞不好这位“胆大妄为”的俄国学者也做过我这个实验。好，

① 巴甫洛夫的狗（Pavlov’s dogs）：古典心理学的条件反射实验。喂狗的时候摇铃，久而久之，狗只要听到铃声就会流口水。

推论到此为止。

真是无巧不成书，老爸那天比平时早回家。我听到他踏进家门的一刹那，正好写完最后一项“实验结果”，随即把笔往旁边一丢，以消灭任何造假的证据。然而他仿佛知道我心里有鬼似的，竟然直接走进我房间。

他劈头就问：“实验进行得怎么样？”

我还来不及回答，他就看到我的实验日记，立即拿起来翻。

“实验记录都在里面了，爸。”

他完全没注意我说什么，专心阅读我写的记录；一页一页读完后，消化了一下我的实验结果，把日记放回桌上，看着我。

“看样子狗会辨认形状了吧，嗯？”

我答道：“对啊，好怪哦。”努力想含糊带过。

他说：“是啊，还真够怪的。想必你不会介意我稍微测试一下啰，我也想亲眼瞧瞧。”

我心头一麻，脑子里只有一个念头：搞不好狗狗真的会分辨形状，作出的反应跟我写的一模一样也说不定。老爸二话不说便从地板上拿起那几张皱皱巴巴的图片，然后往院子走去。

“不过有时候狗狗什么反应都没有，可能要看它心情之类的。”我试图为可能发生的结果打预防针。

老爸充耳不闻，唤了两声布朗尼，它随即向我们跑来。然后老爸举起第一张图，上面是个三角形，拿给口水直流的布朗尼看。根据我的“数据”显示，布朗尼看到三角形不会有任何反应，它也真的没反应；衰的是，它看到圆形和方形也一样没反应。照理，它看到圆形时应该跑来嗅嗅我的手要东西吃，看到方形则要坐下。布朗尼一下就跑开了，老爸转过头来，直视我的眼睛，用平静得令人不寒而栗的口吻说：“我现在给你个机会，你有没有什么话要跟我说？”

我立刻哭了起来，一把鼻涕一把眼泪地告诉他我忘记做实验，所以只好瞎掰数据。老爸一把扯走我的笔记本，撕成两半，猛然往外一甩，本来应该是想甩到篱笆外的，但只见松散的内页在半空飞舞，犹如节庆时飘散的彩色纸片，只不过难看多了。接着他发狂似的朝飘散的纸一阵乱踢，但这样还不够，于是又抓了一个布朗尼的玩具往院子里丢，大有铅球比赛冠军的架势。布朗尼很快就叼着玩具，蹦蹦跳跳地跑回来，准备玩第二轮的丢接游戏。老爸瞬间“喷发”了。

他嘶吼着：“鬼话连篇！你写的全是屁话！”

我吼回去：“是你说要给我机会说的！”

“对，你是说了，东西全都是唬人的！小兔崽子！”

老妈连忙跑出来看发生了什么事，她不断安抚老爸，后来干脆拉他进房间好好聊。十来分钟后，老爸回到后院，气还没消。

“你把整个科学界的脸都丢光了。你这是侮辱爱因斯坦，还侮辱了所有人！”

我赶紧低头认错道歉。

“搞清楚，老子就是靠这行吃饭的，所以非常重视这件事，真快疯掉了！”

“我懂。”

“你懂个屁！所以接下来你要照我说的做。”

他要我去跟老师“自首”，表明自己不但没做实验还捏造数据，然后问老师我是否能在全班同学面前，针对欺骗行为宣读自己的悔过书。

“如果老师说这件事算了，你给我坚决地告诉她，无论如何都要念。你的悔过书先给我看一遍，才能带去学校念给大家听。我说了算！”

第二天上课，我把整件事跟老师说了，于是等上课铃响之后，她告诉全班我有话要说。我站起来，开始朗读事先写好的悔过书，开头几句大致如下：“致全体同学与科学界前辈：本人近来的行为实属欺诈，擅自编造数据，此举足以影响人类发展，使全人类蒙羞。”之后就是一些差不多口吻的句子，但在场的人包括我在内，没人听得懂我在讲什么鬼话。我边朗读边用余光扫视另外三十位六年级的同学，他们全都傻傻地望着我发呆。我念完后便坐下，老师先谢谢我，然后又向大家讲了几句做人要诚实的道理，就开始上课了。

当晚回家后，老爸问我事情经过，我就说已经宣读悔过书了，老师还谢谢我。

“很抱歉，我就得对你这么严格，我可不希望别人以后把你当做骗子、大浑球儿。你不是个骗子，而是个堂堂正正的人。现在给我回房间去，你被关禁闭了。”

老爸珠玑集

★ 论“尊重他人隐私”

“还不快滚出去！我在办事。”

☆ On Respecting Privacy

“Get the fuck outta here, I'm doing stuff.”

★ 论“表露恐惧”

“大家都夹着尾巴想落跑的时候，最容易看清一个人的真面目。至少可以看清楚夹着尾巴的屁眼，还有那条尾巴的鸟样子。”

☆ On Showing Fear

"When it's asshole-tightening time, that's when you see what people are made of. Or at least what their asshole is made of."

★ 论"儿童安全"

"不准碰刀子。你是绝对用不到刀子的……我不管，你就得学着用汤匙涂奶油！"

☆ On Child Safety

"Don't touch that knife, you never need to be holding a knife.... I don't give a shit, learn how to butter stuff with a spoon."

★ 论"假设性的问题"

"不可能，你再怎么假设，我都不可能去吃人，所以你可以停止胡扯这些情节了，懂吗？拜托，你是成天没事干，只能瞎掰这些烂问题吗？"

☆ On Hypothetical Questions

"No. There's no scenario where I'd eat a human being, so you can stop making them up and asking me, understood? Jesus, is this how you spend your day, Just coming up with this shit?"

★ 论"跟其他小朋友玩"

"给我听着，我知道你讨厌跟那个小胖子玩，因为他妈妈很叽歪。但没品的是他妈，又不是那个小朋友，所以你要对他好一点。"

☆ **On Playing with Other Kids**

"Listen, I know you hate playing with that chubby kid because his mom's a loudmouth, but it's not that kid's fault his mom's a bitch. Try to be nice to him."

★ **论"分享"**

"很抱歉，如果你哥不让你玩他的烂货，你就不要玩。那毕竟是他的。如果他想当个不懂得分享的浑球儿，那也是他的权利。你当然也有权利去当浑球儿，不过建议你平时还是大方一点。"

☆ **On Sharing**

"I'm sorry, but if your brother doesn't want you to play with his shit, then you can't play with it. It's his shit. If he wants to be an asshole and not share, then that's his right. You always have the right to be an asshole—you just shouldn't use that right very often."

★ **论"公平竞争"**

"作弊可没那么简单。你可能以为很简单，其实难得很。我敢打包票，你作弊的本事一定比你照规矩来的功夫还要烂。"

☆ **On Fair Play**

"Cheating's not easy. You probably think it is, but it ain't. I bet you'd suck more at cheating than whatever it was you were trying to do legitimately."

★ **论"玩具丢得到处都是"**

"靠！我坐到你那个什么玩具货车了……擎天柱？管它叫什么玩意儿，离我屁股远一点！"

☆ On Leaving My Toys Around the House

"Goddamn it, I just sat on your goddamned truck guy.... Optimus Prime? I don't give a shit what it's called, keep it away from where I like to put my ass."

★ 论"睡衣派对"

"橱柜里有洋芋片，冰箱里有冰激凌，不准碰刀子，也不准玩火。好，说完了，我要去睡了。"

☆ On slumber Parties

"There's chips in the cabinet and ice cream in the freezer. Stay away from knives and fire. Okay, I've done my part. I'm going to bed."

Shit My Dad Says

我老爸的胡言乱语

No.5

绝对不可小看一块钱的价值

It's Important to Know the Value of a Dollar

No.5

“全都给我闭嘴，吃就对了！”

“Let’s just shut the fuck up and eat.”

我父母都出身贫寒。母亲小时候住在洛杉矶市郊一个贫穷落后的意大利区，家里共有六个小孩，我的外公外婆在我母亲十五岁左右就双双过世，之后，兄弟姐妹便分别由几个亲戚收留；父亲则是在肯塔基州的一个农场长大的，全家都是佃农，他十四岁的时候，我爷爷才把农场买了下来。

为了说明他小时候家里有多穷，老爸有次这么跟我说：“我以前只要耳朵痛，我妈就会把尿倒在我耳里来止痛。”

“但这很怪，爸爸，不太像穷人会做的事。”

他思考了一下之后，说：“也对，这个例子举得不太好。”

反正爸妈只要找到机会，就会提醒我们三兄弟要惜福。只要我们周末跟朋友无聊地打发时间，老爸就会说：“你们一会儿玩滑板，一会儿骑脚踏车，咻来咻去很拽吗？你自以为是英国女王啊！”

有时我爸妈会担心我和我哥命太好，不懂得珍惜每一块钱的价值或是无法体会为生存奋斗的辛苦。老妈早在念法学及研究反贫穷法之前，就已投入大量时间到圣迭戈的贫穷社区当志愿者；她帮助过许多领社会福利金的家庭及游民家庭，发起课后辅导计划，或协助这些家庭自立自足，不再需要依靠福利金过活。每次只要我一发牢骚，她就会拿这些家庭当例子。

记得我十岁的时候，她有次在晚餐时问我：“你为什么不吃意大利面？”

我答道：“因为里面有青豆。”

“那你把青豆挑出来呀。”

我嚷嚷：“可是你明明知道我不喜欢青豆，为什么还放青豆进去？”

老爸本来吃着面，突然抬起头来对我大吼：“你说什么？兔崽子，讲话给我小心点。她可是你妈，在家里的地位可跟你们不一样。她在这里的话（一只手往他头上比了比），你就在这里（另一只手往餐桌下比，几乎快碰到地板了）。如果她决定以后除了青豆之外什么都不煮，你就每天乖乖坐在那里，死也要给我吃下去，吃完还要说‘谢谢，我还要’。”

我顶回去："我怎么可能还要？我又不喜欢吃青豆。"

老爸叫我离开餐桌回房间去，至少我想他的意思是这样，因为他那时只顾咆哮，满嘴青豆都还没咽下。大约一个星期之后，有一天我妈从法学院图书馆回到家，时间比平时来得晚，一进门就看到我和艾文坐在沙发上看电视，我爸则在一旁的躺椅上打盹。她关掉电视，摇醒我爸，告诉我们她有事情要宣布。

她宣布说："以后贫苦人家吃什么，我们家就跟着吃什么。"

我悄悄问艾文："'贫苦人家'是什么意思？"

他答道："就是穷人之类的。"然后担心得眉头都皱在一块儿，像蜘蛛网一样。

老妈进一步说明，原来她那天去了一家杂货店，她当志愿者时认识的一些贫困家庭都会拿食物券去那里买东西。她说那里的食物看起来都很糟，但即使再糟，也都还不是要销毁的过期品。最后她说："接下来一个星期，全家都要吃我从那家店买回来的食物，也只能花跟他们一样多的钱。"

"爸？"我赶紧向老爸求救。

"爸爸当然也赞成。"老妈还没等老爸吭声就替他回答了。

两天后，我们家冰箱和橱柜都塞满了看起来丑到爆的食物。我记得那时心里还这么嘀咕着：穷人吃的罐头食品还真多！很多罐头上标示的是某种肉类，并且印着"水煮"，包括水煮火腿、水煮鸡肉、水煮牛肉丁，等等。面包则装在白色塑料袋里，上面只写着：现烤新鲜白面包。

我拿起一片面包问艾文："这怎么会是新鲜的呢？"面包不但软趴趴，上面还沾着很多面粉。

"不知道，大概是指刚烤好的时候是新鲜的吧。"

穷人饮食计划开始实施的第一天中午，我打开妈妈包好的牛皮纸袋准备吃午餐。抽出来的是一样混合了多种食材的食物，非常难闻，貌似火鸡三明治。我拿到面前仔细端详，面包有如两片又软又烂的砂纸，火鸡肉活像拉里·金的皮肤——苍白又线条感十足。

我同学亚伦盯着我的三明治说："这也太恶心了吧！"好像它是什么海啸后被冲上岸的生物尸体。

当天下午我一回到家，就直奔艾文的房间，问他午餐袋是不是也装着难以下咽的火鸡三明治。结果不出所料。然后我们都做了同样的事：丢掉三明治以及貌似胡萝卜的配菜，只勉强吃了那块白色的美式乳酪当"午餐"。我很想向老妈抗议，但艾文向来不具备革命性格，况且我也不打算单方面抗争。唯一的希望只剩我爸，只能祈祷他也觉得这些食物很恶心，愿意为这件蠢事画上句点。

几小时后，我们几个兄弟泡在客厅里等晚餐。老妈穿着围裙，手拿一支大汤匙，跟我们宣布当晚菜色："火鸡浓汤！"一阵阵怪味从她身后的厨房飘进客厅。

我看了看老爸，他在专心看晚间新闻，丝毫不为所动。我焦虑万分，生怕我的生理机能无法吃下我妈端出来的东西；鉴于自己通常一紧张就什么也吃不下，我决定用正向思维自我催眠，说服自己事情没有那么糟糕。

我说："我喜欢吃火鸡，对吧？"

老爸依旧盯着电视，看都没看我就说："你是在问我，还是在说给我听？"

"说给你听啊，我喜欢吃火鸡。"

"哦。"他顿了一下又说，"那关我什么事？"

看样子他心情不太好，所以我就没再接话。自己告诉自己喜欢吃火鸡真管用，我觉得比较有自信面对火鸡浓汤了。

几分钟后，全家人已就座，准备开动，老妈帮每个人都盛了一碗内含块状物的棕色液体，我猜灰熊的屎差不多就长这样。块状物有白有红，汤本身有如过稀的燕麦粥。全家人面面相觑，就连我妈也面带犹豫。我把汤匙伸入碗里，小心翼翼地避开块状物，舀起一勺汤，慢慢放到嘴边，好像自己是即将咽下自杀药丸的间谍。我小啜一口，马上又吐了出来。

老爸大叫："你搞什么啊！我们在吃饭哎，恶心死了！"然后把汤匙扔到桌上。

我说："我喝不下去！我试了一口！"艾文则在一旁窃笑。

老妈回答："你再喝喝看嘛。"

"喝了啊！我喝不下去，好恶心！"

她又答道："穷小孩就是吃这种东西。我们家要跟着这样吃，才能体会那些弱势人家所受的苦。"

"我可以体会啊！但人家现在只是想吃其他东西嘛！"我说到眼眶泛泪。

"别吵了，全都给我闭嘴，吃就对了！"老爸说完就舀了一勺汤喝了下去。

"噗！这也太难喝了！我不喝了。"

我大声说："看吧！"

他看着我和艾文："我可以不喝，但你们两个必须喝。"

我喊道："什么？！"

我起身冲出饭厅，跑进房间把门甩上。我以为老妈随后就会进房间安慰我，请我回去吃顿正常的晚餐，像肉丸意大利面或是鸡肉马铃薯。搞不好她还会开车到"魔术盒[①]"买我最爱的脆辣鸡肉三明治，以抚平穷人饮食计划带来的心灵创伤。

十分钟过去了，没有人来敲我房门。我下定决心，除非有人进来关心我，否则我绝对不离开房间。

① 魔术盒（Jack in the Box）：美国知名快餐连锁餐厅。

又过了十分钟，没人来；一小时后，没人来；三小时过去了，还是没人来；然后不知不觉就十点了，到了我睡觉的时间。我关灯爬上床，又饿又气。突然间，我的房门开了。

“妈……”我故意语带不爽，以为她今晚跟往常一样是来帮我盖被子的。

“我是你爸啦！”老爸高大的身影移动到床边，身后走廊透进微弱的灯光。

“哦……”我冷冷地回答。

他坐在床边，把手放在我的肩上说：“你这孩子实在很难搞，但老爸还是爱你。”说完还自己笑了笑，但我默不做声。

“我知道你很生气，我也理解你为什么生气。”

我斩钉截铁地说：“理解才怪！”

“拜托，你也不过十岁。我会不知道一个十岁小鬼的脑袋里装的是什么吗？”

我们的对话似乎适得其反，并没有让我的心情好转，老爸好像也发现了这点，于是语气稍微变得温和了些：“我知道你觉得既然都要吃‘屎’，我也应该陪你们吃。但我自己不吃，却要你们吃，所以你才气我，对吧？”

“嗯。”

“老爸以前很穷，你妈也是。我努力让你们过好日子，就是希望你们永远都不用受那些苦。”

Shit
My
Dad
Says

不敢在小学厕所上大号

“儿子，你抱怨也要看对象，你爸随时随地都能大便，这就是我厉害的地方，搞不好还是我最了不起的地方咧。”

On Being Afraid to Use the Elementary School Bathrooms to Defecate

"Son, you're complaining to the wrong man. I can shit anywhere, at any time. It's one of my finer qualities. Some might say my finest."

我问："那为什么要给我们吃这种东西！"

"儿子，你只要吃一个星期的穷人餐，你老妈小时候可是连这种食物都没得吃。你今晚那样发脾气，她会很难过的，这就好像你当着她的面，说你根本不在乎她以前吃过什么苦。懂吗？"

我说我懂，然后老爸又稍微解释了一下为什么我也惹得他不高兴。

"食物在我的成长过程中非常重要，它不只用来填饱肚子，更是赚钱养家的工具。所以你对食物发脾气，就是跟我过不去。"

"但是你为什么不用吃？妈妈早就知道很难吃，但她也吃了。为什么你就可以不用吃？"我硬是要问。

他沉默了两秒，把手从我肩上移开。

"嗯，两个原因：第一，我懂得一块钱的价值，因为我每天拼命工作赚钱，这是你还做不到的。"

我打断："但老妈也有工作啊。"

"这就要说到第二个原因了，就是你老妈人比我好太多了，不是吗？"

他亲了一下我的额头，就离开了房间。

老爸珠玑集

★ 论“被蜜蜂螫”

“好、好，冷静一点。你有没有觉得呼吸困难？……那你想大便吗？……不是啦，跟被蜜蜂螫没半点关系，只是你在那边走来走去，我以为你憋不住了。”

☆ On Getting Stung by a Bee

“Okay, okay, calm down. Does your throat feel like it's closing up?... Do you have to take a crap?... No, that don't have anything to do with bee stings, it's just you're pacing back and forth, I thought maybe you had to go.”

★ 论“全家露营”

“不了，我待在家里就好。你们去家庭旅游，我就可以放大假。相信我，这样才会皆大欢喜。”

☆ On Going Camping with the Family

“No, I'm gonna stay home. You can take a family vacation, and I'll take a vacation from the family. Trust me, it'll make both of our time more enjoyable.”

★ 论“我期末成绩每科都拿 A”

“见鬼哦！你真是个聪明的小鬼，我不相信别人怎么说你了……哦，不是啦，没人说你不聪明。他们说的是别的事，没说你笨。”

☆ On Receiving Straight As on My Report Card

"Hot damn! You're a smart kid—I don't care what people say about you!... I'm kidding, nobody says you're not smart. They say other stuff, but not that."

★ 论"圣诞节早上的实况录像"

"好，拆礼物时笑一个……喂，笨蛋，笑的时候要看镜头啊。"

☆ On Videotaping Christmas Morning

"Okay, smile when you open your present.... No, smile and look at the camera, dum-dum."

★ 论"如何分辨食物有没有坏"

"我怎么知道这东西还能不能吃？就这样吃，吃出病来就知道它坏了。难不成你们以为你爸的眼睛是显微镜啊？！"

☆ On How to Tell When Food's Gone Bad

"How the fuck should I know if it's still good? Eat it. You get sick, it wasn't good. You people, you think I got microscopic fucking eyes."

★ 论"面对小霸王"

"你早晚会碰上浑蛋，但记住，不能只从蛋蛋大小去判断他们有多危险，真正要看的是他们的蛋能生出什么来。"

☆ On Dealing with Bullies

"You're going to run into jerk-offs, but remember: It's not the size of the asshole you worry about, it's how much shit comes out of it."

★ 论"安静"

"你给我安静就好……汗，谁说我讨厌你，我是说，现在，我比较喜欢的是安静。"

☆ On Silence

"I just want silence.... Jesus, it doesn't mean I don't like you. It just means right now, I like silence more."

Shit My Dad Says

我老爸的胡言乱语

No.6

起哄务必看对象

Not Everyone's Balls Should Be Busted

No.6

“汗，我忘记载你了……抱歉抱歉。还有，我再也不干那个烂球队的教练了。”

“Shit, I forgot to pick you up, didn’t I?... Sorry about that. Anyway, I’m not coaching that fucking team anymore.”

我十岁那年，老爸不知少了哪根筋，竟然自告奋勇要当我们学校的少儿棒球队教练。不过六个月后，也就是 1991 年的春天，山姆 · 哈本先生的教练生涯却在一片怒火中画上句点。

1972 年，老爸搬到圣迭戈洛马角这个海滨郊区，当时的居民大多是军人出身。由于他曾在海军服役，所以那里的气氛带给他一股亲切感，加上有许多聊得来的邻居，他住在那里感到相当自在。但也因为洛马角邻近海滩，许多有钱人便纷纷前来置产，我们家的三居室小屋也逐渐被一栋栋豪宅所围绕。老爸对此十分不悦。后来，我家隔壁搬来一对年轻夫妻，而不再是原来那位硕果仅存的老军官，老爸便跟我们正式宣告："我死也不要被这些自以为雅皮士的人同化。"

理所当然，我参加的少儿棒球队就有一堆这些雅皮士生的小孩，而且几乎个个娇纵又无礼。用肚脐想也知道，我爸不太适合来当教练，但他热爱棒球，也爱他的儿子，我想他大概觉得有这些理由就够了。

身为教练，老爸只立下一项规定：不管大家能力高低，每场球赛中所有人的上场局数都要一样。他在首次集合时宣布："这是少儿棒球队，你们大多数人都很烂，但不要紧，只要多练习就会比很烂好一点。"

所以我与队友每场球赛都轮流上场，每个人也都能练上四局。有时候没办法刚好四局，就得有人多坐一局板凳，而那个人就会是我。老爸安慰我："你是个听话的小孩，我想你自己也知道。至于其他小孩，如果要他们下场，就会他妈的哭个没完。"

"那如果我也哭了，就可以上场啰？这不公平！"

"少来，如果你真的哭给我看，我还是会给你坐冷板凳，而且让你坐更久。不过是少打一局，有什么好哭的，而且还是这种烂少棒。人生就是这样，谁叫你是我儿子。"

老爸当少棒总教练的头几个月，队上其他小朋友和他们父母都不太喜欢他，认为上场机会均等这个规定太死板。某次球赛进行到一半，有个小朋友的爸爸开始在看台上气冲冲地吼我老爸，他觉得自己的小孩应该多打几局。

那个自以为是的家伙大吼："都是你害我们快输了！你竟然叫最强的球员坐板凳？白痴啊你！"

老爸喃喃自语道："最强的球员？请问你看的是哪场球赛。"

那个家伙吵个没完，没察觉哈本教练已不堪其扰，怒气直线上升。该局一结束，老爸二话不说就冲出球员休息区，直奔看台。

"每个人上场局数要一样，这是我的规矩。我们又不是在打世界大赛，而是打少棒！我们右外野手的屁股整场都贴在板凳上，连他都懂规矩，没吭气，你吵什么吵？"

老爸突如其来的大爆发，让在场的父母暂时安静了下来，但我还是听到其他小朋友在私底下抱怨连连。

一个多星期后进行守备练习时，有个叫马古斯的小朋友拍了一下我的肩膀，我转过头去，他就说："我爸说你爸是混账。"

我不知道该怎么回应，站在原地愣了一下，最后说："哪有，他才不是。你爸乱说。"

忽然有一个球打到我的小腿，我转过身来才发现原来轮到我练习滚地球了，老爸看我在发呆，所以才丢球过来。

"专心点！别占着茅坑不拉屎。"

亏我刚才还帮他说话，他现在又自毁形象。

每次练习，那些娇纵的小朋友和难搞的父母都会踩到我爸的地雷。他原本只是想教教棒球，岂料最后反倒像在磨炼自己的耐性和自制力。

终于在五月的某次练习时，他长期累积的不满情绪到达了临界点。那天酷热难耐，小朋友都不想做那套我爸从军中学来的基本操练。在界外竿之间来回冲刺几趟后，其中一个小朋友“揭竿起义”，公然抗命。

这位队友大声嚷嚷，公然向我爸示威：“这个练习好白痴，打棒球又不只是在跑来跑去，真正的教练都知道！”

挑衅一传进我爸这位剽悍的教练耳中，他的反应跟布鲁斯·威利斯在《灵异第六感》结尾时发现自己原来已经死掉一样：既震惊又窘迫，然后不断深呼吸，试图冷静下来。然而这个努力终究是白费工夫。

两人的争辩愈演愈烈，最后我爸对着十四名小朋友和一位早已吓坏的助理教练嘶吼：“你们要练就自己滚去练，死也不要来找我！”这位助理教练名叫兰迪，之所以会来帮忙带球队，是因为老婆跑了，只好靠忙碌来转移注意力。当时，他的内心可谓是十分脆弱，经不起什么打击。

“交给你了，兰迪！祝你气炸！”

老爸撂下这句话就走了，开车扬长而去。很不巧的是，他只顾着生气，完全忘记要载我一起回家。球场离家大概有五公里远。当时气氛尴尬，小朋友都盯着我瞧，兰迪又一副快哭出来的样子，我也不打算请别的家长顺便载我，所以决定自己走路回家。

一小时后，我离家大概还有两条街，老爸把车子开到我旁边慢速行进，摇下车窗说："靠，我忘记载你了。"我点点头。他又说："抱歉抱歉。还有，我再也不干那个烂球队的教练了。"

老爸辞掉总教练一职后，仍然出席我的每场球赛，关心球队在该季结束前的表现。球队不训练的时候，我们父子俩会自己去练投球，一个星期两次。

"兰迪对球赛懂个屁，丢球的样子活像个娘们儿在丢飞镖。"

某天，我们去球场练习的路上，老爸换了一条路线。

我问："我们要去哪儿？球场在反方向哎。"

他说："我们要去接罗杰，他要跟我们一起练球。"

罗杰是队上最古怪的小朋友，我只知道他身上总散发出一股难闻的味道，好像坏掉的水果混合了体香剂。其实他球投得很好，只是常在中局时突然崩溃，投得一塌糊涂。

我问："为什么要接罗杰？"

"既然我要教你投球，而他又是队上另一个投手，我想我可以一次教两个。"

我们在一栋公寓前停了下来，老爸停好车，罗杰随即走了出来。接下来的两个多星期，罗杰都跟我们一起练投球；练习过后，老爸就会买冰激凌给我们俩吃。我完全没跟其他小朋友提起过这件事，毕竟我在队上已经不是很受欢迎了，绝对不能再和罗杰扯上关系。

该季倒数第二场球赛上，我们遇到了劲敌。我投了前三局，比分持平；然后换罗杰上场，他在第四和第五局表现优异，对方毫无招架之力，球赛进行至五局结束时，我们领先。第六局，罗杰登上投手丘时，另一球队的某位家长起身站在围栏后方，距离本垒板约三米处。他叫史蒂夫，高大魁梧，还有大大的啤酒肚，看起来很像大力水手里的反派角色。

每次罗杰准备开始投球，史蒂夫就会故意扰乱他的情绪，向他的儿子和队友大喊："他没本事把你们三振的，尽管接球！他会把你们通通保送上垒！"

罗杰每投一球，史蒂夫就起哄，让罗杰乱了分寸，越投越差，最后都快哭出来了，投出的球都偏离好球带至少两米，于是兰迪就走到投手丘把罗杰换下来。罗杰回到休息区，坐在我旁边啜泣。兰迪叫他的儿子小兰迪上场，但小兰迪球投得跟他老爸一样烂，没两下就丢掉六分。我们就这样轻易输掉了球赛。

赛后老爸走过来跟我说："你跟罗杰在这里等一下，我们要载他回家，但我要先去处理点事。"

他往停车场走去，史蒂夫正在那里帮他儿子收拾球具。我大概只在原地等了三十秒，就跟着往停车场走去，因为我实在不想待在大小兰迪旁边。他们跟别人说再见的方式不是挥手或击掌，而是要一个一个地拥抱，而我最怕来这套。

我一走到停车场，就看到老爸和史蒂夫在激烈争论。

史蒂夫说："比赛就是这样，山姆。"

老爸答道："我看你是在放屁。"

"你说话小心点，山姆。"

"那孩子的老爸是个酒鬼，整个家被搞得乌烟瘴气的，你又不是不知道！刚才还在那边对他大吼大叫，故意搞得他心神不宁，好像这是他妈的职业棒球冠军赛，非要你儿子赢球不可。你这还算是个男人吗，去你的，脑袋有问题啊你？！"

史蒂夫没正面回应我爸，只嘀咕了几句，就和他儿子凯文上了小货车，快速驶离。我爸后来先带我和罗杰去吃冰激凌，再送罗杰回家。一路上我们都很安静，虽然我不太清楚发生了什么事，但我知道老爸很生史蒂夫的气，所以为了让他心情好一点，我便气呼呼地说："爸，我也不喜欢史蒂夫，他和凯文都是肥猪，自以为很强。他们不过就是又高又胖而已，没什么了不起。"

老爸停车的时候仍然不发一语，之后才转过头来说："儿子，你刚才说的话我一句也听不懂。把鞋脱了再进屋，我觉得你踩到狗屎了。"

Shit My Dad Says

八年级毕业典礼

“八年级毕业典礼？我们两年前刚去过你六年级的毕业典礼哎！有完没完啊？！干脆每次你拉完屎都办个派对庆祝好了！”

On My Eighth-Grade Graduation Ceremony

"They're celebrating you graduating from eighth grade? We just went to your sixth-grade graduation two goddamned years ago! Jesus Christ, why don't they just throw a fucking party every time you properly wipe your ass?"

老爸珠玑集

★ 论“八年级毕业典礼”

“八年级毕业典礼？我们两年前刚去过你六年级的毕业典礼哎！有完没完啊？！干脆每次你拉完屎都办个派对庆祝好了！”

☆ On My Eighth-Grade Graduation Ceremony

“They're celebrating you graduating from eighth grade? We just went to your sixth-grade graduation two goddamned years ago! Jesus Christ, why don't they just throw a fucking party every time you properly wipe your ass?”

★ 论“青春期”

“还适应青春期吗？……我怎么知道你现在是青春期？哦，我也忘了，大概是有一次看到马桶盖上突然出现几百根你留下的阴毛才注意到的吧。”

☆ On Puberty

“How's puberty treating you?... How do I know you're going through it? Oh I don't know, maybe it's the three hundred dick hairs you suddenly leave all over the toilet seat that clued me in.”

★ 论“《辛德勒的名单》播到一半时，请他递糖果给我”

“你要什么东西？糖果？他们都把犹太人丢到该死的毒气室了，你竟然还在那边跟我要糖果？”

☆ On Asking to Have the Candy Passed to Me During *Schindler's List*

"What do you want—the candy? They're throwing people in the fucking gas chamber, and you want a Skittles?"

★ 论"不小心吃到狗食"

"Snausages？我吃了一堆狗零食？你没事干吗把狗食跟其他食物放在一起？管他呢，反正它很好吃，没什么好丢脸的。"

☆ On Accidentally Eating Dog Treats

"Snausages? I've been eating dog treats? Why the fuck would you put them on the counter where the rest of the food is? Fuck it, they're delicious. I will not be shamed by this."

★ 论"参加高一足球队选拔赛"

"我绝不会让你去参加选拔赛，你瘦成那副德行……我就直说好了，你不是想干什么就能干什么，况且你绝对算不上什么男子汉啦。"

☆ On Trying Out for the High School Freshman Football Team

"I ain't letting you try out, you're too skinny.... No, I hate to break it to you, but you can't do whatever you want and you most certainly are not a man."

★ 论“《欢笑一箩筐》主持人的举止”

“记住那张脸，长那张脸的人一定很讨厌他自己。”

☆ On Bob Saget's Demeanor While Hosting *America's Funniest Home Videos*

“Remember that face. That's the face of a man who hates himself.”

★ 论“怯场”

“那些人没什么好怕的。他们也是会吃喝拉撒睡，跟你一样。嗯，也不尽然，你的胃不大好。”

☆ On Being Intimidated

“Nobody is that important. They eat, shit, and screw, just like you. Well, maybe not just like you. You got those stomach problems.”

★ 论“培根的疗效”

“别在那边穷担心了，来吃培根吧……什么？哦，我哪知道培根能不能让你舒服点，我只是不小心煎太多培根了。”

☆ On the Medicinal Effects of Bacon

“You worry too much. Eat some bacon.... What? No, I got no idea if it'll make you feel better, I just made too much bacon.”

Shit My Dad Says

我老爸的胡言乱语

No.7

凡事尽力，事若不成就得当机立断

Try Your Best, and When That's Not Good Enough, Figure Something Out Quick

No.7

“你少来，关在房里跟关在牢里哪里一样。你又不用担心被别人轮奸。”

“Oh spare me, being stuck in your bedroom is not like prison. You don’t have to worry about being gang-raped in your bedroom.”

老爸向来都十分重视教育和努力，他不止一次对我说：“如果你用功读书、认真工作却搞砸了，那没关系。如果你成天只会瞎混，那才是真的没救了。”然而，学校生活是否过得顺利且快乐，除了努力，还有很多其他因素。或许其中最重要的，莫过于人际关系了。

我刚升初中的时候，身高大约一米五，体重不到四十公斤，戴着粗框眼镜，而且据爷爷描述，声音像个小女生。我当时多少知道自己是什么德行。记得某次去“海洋世界”参观的时候，有位漫画家画了一幅我的肖像漫画，虽然夸张了些，但整体而言还真像。基本上就是电影剧本里粗制滥造的角色：典型书呆子。我妈当时以为“笨拙”的外表意味着极富创造力的内涵，所以我升入七年级的时候，便说服我爸送我到创意表演艺术学校就读，那里的小孩看起来都跟我一样笨拙。但七年级结束后，爸妈发现送我上那所学校根本就是浪费钱。

老爸说：“一年过去了，我压根儿没看过你创造或表演出什么名堂来，花这么多钱送你去什么‘创意表演艺术学校’根本毫无意义！”老爸这么跟我说，无疑是提醒我该滚回公立学校了。

我刚升八年级时，青春期仍然没报到，我看起来就跟一年前一模一样——事实上，我还觉得自己的声音更高更细了。第一天到校才不到五分钟，我就已经清楚地知道八年级的生活会是什么样子。

我在导师的要求下向全班自我介绍。

“我叫贾斯汀·哈本。”

一个长着胡子的大男生安德烈向我靠了过来，低声说：“喂，新来的。”

“怎么？”我紧张地答道。

"你的声音为什么这么娘?"

转眼一年就过去了,我升入九年级,不但长高了十几厘米,也更有自信了,被叫"娘炮"的频率大概减少了八成。我也结交了一些朋友,而八年级时那些爱找我麻烦的同学,现在也多半懒得理我。

开学一星期后,老爸发现我放学回家时春风满面、十分雀跃,就说:"哟,你现在走路会用跳的啦?看起来像是刚拉完大便很爽嘞。"

我重拾快乐的社交生活,却也开始忽视课业,拿到九年级第一张期中成绩单时,平均分(GPA①)只有2.33,我知道不太好,却也不觉得有多烂。但老爸可不这么认为。

"没那么差?这可不是麻省理工学院,而是九年级!看看这是什么烂成绩!"他边说边高高举起成绩单,"九年级的新闻学竟然也可以拿C?有没有搞错啊?你是他妈的在《纽约时报》工作吗?写不出像样的贪污报道吗?真是岂有此理。"

爸妈私下讨论如何拯救我的成绩,然后老爸就跟我说,接下来一个星期,除了上学和上厕所,不准我离开房间半步,他们会把吃的端到我房间来。

我大叫:"什么?太夸张了吧!一堆同学成绩比我烂,而

① GPA(Grade Point Average),即成绩点数与学分的加权平均值,满分为4.0。

且这只是期中成绩哎！又不会记入最后成绩！”

老爸回答：“少啰唆，我懒得听你一堆废话。以你的聪明才智，考这种成绩像话吗？这就代表你懒散成性、只想鬼混。”

“哪有人这样的！你干脆把我关起来好了！这根本就是坐牢！就因为平均分 2.33！”

“你少来，关在房里跟关在牢里哪里一样。你又不用担心被别人轮奸。”

把我的平均分拉下来最多的科目是数学。但第二天上学，我发现数学也害惨了其他很多同学。包括我在内，全班有三分之二的人都挂了。我们的数学老师非常严，常跟我们说他不会手下留情，不及格就直接翘辫子。

我被“软禁”的第一晚，老爸一下班回家，就换上运动裤，晃进了我的房间。

“数学课本拿出来，我们一起来治治你的笨脑袋。”老爸坐在我的床上，指着压在我脏衣服底下的那摞书，又说，“靠！开个窗户吧，你房间臭死了。”

我们开始复习课本内容，老爸发现我不但不会解题，更没有解题必备的基本概念。

他问：“学校连这点玩意儿都没教吗？”

我告诉他没有，并且附带提到我们老师说不及格就直接翘辫子。

“什么？听他鬼扯，老师竟然说这种话！我要跟他好好聊聊，明天我就去你们学校。”

第二天，我坐在教室里，生怕老爸会随时出现；这样的恐惧感就像你坐在云霄飞车上，慢慢往顶点爬升，等待第一次向下俯冲。稍微想象一下那种恐惧，然后再加一点腹泻，因为我那时正好肚子不舒服，都怪自己早上吃了一堆零食，外加前晚在墨西哥餐馆吃的芝士锅。第一节课到第三节课狂跑厕所的同时，我还一直祈祷老爸不要在我蹲马桶时闯进教室。

第四节英文课的时候，我看到老爸在走廊跟楼管说话，楼管指了指我的教室。他走到教室门外等候，手拿公文包来回踱步。我整个人不禁往椅子底下缩。有个看起来很像经常嗑药的同学布兰登靠过来，指着我爸说：“我打赌那男的是联邦调查局之类的鬼单位派来的。”

我嗫嚅道：“才不是咧。”

下课铃响后，我走出教室，他说：“东西收一收。我们去见你的老师。”

我问：“爸，我们不能放学后再去吗？为什么一定要挑这个时候？”

Shit
My
Dad
Says

电子游戏机

“你不准买……可以啊，你去朋友家玩，最好顺便吃完饭拉完屎再回来。”

On Video Game Systems

"You can't have one.... Fine, then go play it at your friend's house. While you're there, see if you can eat their food and use their shitter, too."

他说：“紧张什么？我只是要和老师聊聊天，又不会扭断他的脖子或喂他吃大便……除非他惹毛我。”

我们走向校园角落的一个教室，我就在那里上数学课。小朋友陆续进了教室，我那位硬脾气的数学老师正坐在他的办公桌前。他长得有点像达斯汀·霍夫曼，不过是皱报纸皮肤版的。老爸大步流星地走到数学老师面前，我则待在走廊里，不想被人看见。

老爸脱口而出：“你就是数学老师？”

数学老师站起身，露出不悦的神情。

“是的，有何指教？”

十多个已经就座的学生开始注意到他们两个。

老爸说：“我儿子就站在外面，他是你班上的学生。”

我赶紧躲到一棵树后。

“贾斯汀！还不进来，躲在那里干吗？”

我从树后走出来，爬上楼梯进入教室。

老爸开口了：“听说你要让我儿子翘辫子，没关系，如果他活该的话，请便。但我昨天帮他温习数学，他连基本概念都不懂，还说你根本没教过。”

数学老师回答：“这门课叫高级数学，如果学生跟不上，应该转到适合他们程度的班上。这门课我十二年来都是这样教的。”

“你这门课教多久关我屁事。他跟我说全班同学都超惨，都以为自己烂到没救了。”老爸边说边指着坐在教室里的学生，他们或许压根儿没想到自己烂到没救。老爸继续说：“这我就看不下去了。”

我猜数学老师当下就发现这位家长不是省油的灯，而且很可能会让自己在学生面前难堪，于是请我老爸到外面讲。他们一往外走，我就立刻移进教室，里面已经几乎坐满，全体同学都盯着我看。我坐到自己的位子上，避免和任何人有眼神接触。大约每隔十到十五秒，就会听到教室外传来他们的对话内容。老师吼道：“我绝不允许这样做！”我爸则接着说：“少来这套！你绝对必须允许！”

坐我旁边的同学笑着说：“哇哦，詹森老师整个被你爸吓惨了，酷！”

过了两三分钟，老师进来了，他那张风干橘皮般的脸因愤怒而涨得更红。老爸也跟着走进教室，来到我的座位旁说：“今天这堂课随便听听就好，你明天就去别的班上数学课。”说完就离开了。

晚餐时间，老爸装作一副没事的样子，但在我上床睡觉前，他把我叫到客厅。

“老实说好了，你的确不是爱因斯坦之类的天才，但不要因为遇上那种混账老师，就觉得自己很笨。你聪明得很，有自己的优点，知道吗？”

“嗯。”

“不要只会‘嗯’，郁闷个屁啊。我要听到你说出来，说你知道你有自己的优点。”

“我有自己的优点。”

“对嘛！你有自己的优点，叫那个数学老师滚回家吧。”然后又补上一句，“对了，最后一件事。明天上数学课前找一下辅导老师，他们会带你去找别的数学老师，以后只要用计算器解题就可以了。”

咆哮吧！老爸！

Ball

单数形式译为“球”或“球状物”，复数形式译为“睾丸”（毕竟睾丸常是成对出现的），作动词使用时可译为“性交”。

“Bust your balls”意思是“爆了你的睾丸”。当一个人的睾丸被捏破，他也就显得毫无牛气了，因此引申义为“给你难堪”或“烂透了”。

老爸珠玑集

★ 论“只顾看年度肯塔基赛马[1]而错过我高中的首场无安打比赛”

“无安打比赛？！我竟然错过了，靠！不过今年的赛马真牛X，这样会不会让你的心情好一些？”

☆ On Missing the No-Hitter I Threw in High School to Watch the Kentucky Derby

“A no-fucking-hitter?! And I missed it. Shit. Well, the Derby was fantastic, if that makes you feel any better.”

★ 论“第二年又错过我第二场（也是最后一场）无安打比赛”

“哇哦，真的假的？！他们实在不该把球赛跟赛马安排在同一天，没道理嘛！”

☆ On Missing My Second (and Only Other) No-Hitter a Year Later for the Exact Same Reason

“You have to be fucking kidding me! They need to stop scheduling these games on Derby Day. That's just silly.”

★ 论“友情”

“你有很多好朋友，我也蛮喜欢他们的，感觉他们

① 肯塔基州素以赛马闻名，曾培养出许多优秀的纯种赛马，一年一度的肯塔基赛马（Kentucky Derby）是该州的一大盛事。

不会随便泡你女友。要是你有女友的话。”

☆ On Friendship

“You got good friends. I like them. I don't think they would fuck your girlfriend, if you had one.”

★ 再论“友情”

“不用介绍你的朋友给我。你的朋友只会叫你帮忙搬家，我都这把年纪了，搬个屁啊。”

☆ On Friendship, Part II

“I don't need more friends. You got friends and all they do is ask you to help them move. Fuck that. I'm old. I'm through moving shit.”

★ 论“不小心打破碗盘”

“我的天，你是参加希腊婚礼还是怎样，搞得乱七八糟。请你好好练习手眼协调，这实在是烂透了。”

☆ On Accidentally Breaking Dishware

“Jesus, it's like going to a fucking Greek wedding with you. You need to master the coordination thing, because right now it's busing your balls*.”

★ 论“参加没有大人的派对”

“门儿都没有……是的，可你保证又有屁用啊，你那些同学我又不是没见过，一群吊儿郎当的傻孩子，保准干不出什么好事。”

☆ On Going to a Party with No Adults Present

"Not a fucking chance.... Yeah, you're responsible, but I've seen those kids you go to school with, and if they weren't so stupid, they'd be criminals."

★ 论“做好防护措施”

“我会放一些安全套在车的杂物箱里……不管你想不想跟我讲这种事，我也懒得跟你讲这种事。你以为我会让你在我车里乱搞吗？想都别想。但我更不希望你因为没安全套，给我搞个孩子出来，到头来我还得帮你养。”

☆ On Using Protection

"I'm gonna put a handful of condoms in the glove compartment of the car.... I don't give a shit if you don't want to talk about this with me, I don't want to talk about this with you, either. You think I want you screwing in my car? No. But I'd much less rather have to pay for some kid you make because there ain't condoms in there."

★ 论“找工作”

“找工作要看兴趣……听过很多次？瞎扯什么啊，这明明就是我第一次跟你说，要不然你怎么会跑到那家烂百货公司打工。”

☆ On Choosing One's Occupation

"You have to do something you love.... Bullshit, you clearly have not heard this speech before, because you're working at Mervyn's."

★ 论“排队看《侏罗纪公园》”

“电影就算再好看，排队时间也不该超过电影本身的长度。我们去看别的电影吧，不然我就要走人了，你自己搭出租车回家。”

☆ On Waiting in Line to See *Jurassic Park*

“There is no movie good enough for me to wait in a line longer than the run time of the movie. Either we’re seeing something else or I’m leaving, and you can take a cab home.”

Shit My Dad Says

我老爸的胡言乱语

No.8

人不为己，天诛地灭

At the End of the Day, You Have to Make the Best Decision for Yourself

No.8

“毕竟这是你的 A 片，我干吗要替你背黑锅啊。”

“I'm not about to take the fall for somebody else's porn movie.”

记得我十四岁那年某天放学后，死党亚伦突然冲进我家，上气不接下气，满头大汗。从他脸上兴奋的神情，我就知道他要告诉我的一定是前所未有的重要事情。果然不出我所料。

“喂，我在 7-11 后面的巷子里发现 A 片哎！”说完便从背包里拿出一盒录影带，纸盒已经皱皱巴巴，还沾满污渍，想必是可怜的亚伦用钱换来的二手货。我们两人的反应有如一对农夫在田里发现一袋白花花的钞票：先是欢欣鼓舞，然后立刻互相猜忌，怀疑对方想独吞。我们知道唯有合作才不会浪费掉看 A 片的机会，而最好的办法就是平均分配时间：我每个月的第一和第三周保管 A 片，第二和第四周再换亚伦保管。

虽然那部A片我看了五十次以上，但时至今日，我其实还是不太记得剧情，因为我从来没有一次看超过二十分钟。当时我要看片子得去我爸妈房间，因为家中唯一一台录放机就在那里。我顿时觉得自己好像一只羚羊，发现方圆一千公里内唯一的水池竟在狮子的巢穴里。但冒了这么多次险后，我还是觉得万分值得。我都是等到爸妈出门，再溜到他们房间自娱自乐。我甚至准备好一套“快闪流程”：只要一听到大门打开，我就立刻把内裤从膝上拉起，同时按下弹出键，抽出录影带并切换到电视模式，这样他们就不会发现有人用过录放机了。整个计划可说是既周全又有效率，屡试不爽。

哀的是，我还是被抓包了。

某天早上我一醒来，就看到老爸站在床边，手中挥着那部A片，一副中了头彩的样子。我竟然犯了看A片的大忌：把A片留在录放机里。

“你要看A片是你的事，你看你的。但是第一，不准在我房间看，我不希望某天下班回家，一屁股坐到你用过的脏卫生纸上；第二，绝不能让你妈在房间里发现A片，万一她以为那是我的，我的麻烦就大了。毕竟这是你的A片，我干吗要替你背黑锅啊。”

我慌张地问：“那你会跟妈说吗？”

他露出狡诈的眼神："不会啊，我一个字都不会说，只要你不在我床上乱搞就好。"

于是我毫不犹豫地伸出手，想既然都打开天窗说亮话了，他会把片子还我。"哈，想得美。"他掉头就走，把A片夹在腋下，笑着离开了房间。

对一个青少年来说，被老爸发现A片又被他耻笑，实在是够尴尬的。但第二天早上，我更是尴尬到无以复加，因为一觉醒来就发现换成老妈站在床边了，她手里握着那部A片。可恶的老爸，竟然出卖我！

老妈用近乎嘶吼的声音，噼里啪啦地解释色情产业之邪恶，还详细说明A片里的亲热场面有多么夸大不实。待她一说教完，我便快步走进客厅，犹如一名即使跋山涉水也要报此血海深仇的复仇者。

我对着老爸大吼一声："喂！"那时，他正吃着他的每日早餐圣品——麦片。

他抬头看了我一眼，那表情好像在说："你说话最好小心点。"

"你竟然告诉妈我……"我瞬间改用嘴形表示"看A片"，然后又立即转到最高分贝，"你明明答应过我的！"

他放下报纸，看着我，用拿捏精准的语气回答："没错，我确实想过要帮你保密，但如果不跟你妈说，我要承担的风险就太大了。你本来就不该把A片留在录放机里，谁叫你青春激素冲脑，只用下半身思考！如果不吸取教训，这种事以后绝对还会发生。”

老爸珠玑集

★ 论“某位年长的世交好友的勃起功能障碍”

“真搞不懂为什么一堆阳痿的人都要来问我怎么办。我要是真知道怎么治阳痿，早就开着法拉利以三百公里的时速飙离这里了。”

☆ On an Elderly Family Friend's Erectile Dysfunction

“I don't know why people keep coming to me when they can't get hard-ons. If I knew how to fix that I'd be driving a Ferrari two hundred miles an hour in the opposite direction of this house”

★ 论“我经常缺席高中舞会”

“你在那边叽歪自己没参加，那干吗不快去？……快去找个舞伴啊……去多认识一些女生啊……天哪，儿子，我不想问下去了，不然连我都要觉得闷了。随便你吧。”

☆ On My Frequent Absences at High School Dances

"You bitch about not going, so why don't you just go?... So then find a date.... So then meet more women.... Jesus Christ, son, I'm not continuing on with this line of questioning, it's depressing the shit out of me. Do what you want."

★ 论"练习"

"没有人喜欢练习，但练习和放着烂掉，哪个比较可怕？……哦，去你的大头鬼！练习绝对不比放着烂掉可怕！"

☆ On Practicing

"Nobody likes practice, but what's worse: practicing, or sucking at something?... Oh, give me a fucking break, practicing is not worse than sucking."

★ 论"在海滩被救生员救起"

"你跑到那么远的地方干吗？你根本不会游泳……儿子，我知道你是个优秀的运动员，但我看过你'游泳'，那就像智障小孩用膝盖在打蚂蚁。"

☆ On Getting Rescued by a Lifeguard at the Beach

"What were you doing that far out? You can't swim.... Son, you're a good athlete, but I've seen what you call swimming. It looks like a slow kid on his knees trying to smash ants."

★ 论"棒球校队年终筹款活动"

"直接跟我说你要多少钱，我懒得参加。"

Shit My Dad Says

收看晚间新闻的重要性

“我们等一下再继续说，新闻开始了……哎哟，就算你得了肺结核，等个三十分钟也死不了的啦。”

On the Importance of Watching the Evening News

"Let's finish talking in a bit, the news is on.... Well, if you have tuberculosis, it's not going to get any worse in the next thirty minutes."

☆ **On the Varsity Baseball End-of-the-Year Fund-raiser**

"Just tell me how much money I have to give you to never leave this couch."

★ **论"电子游戏机"**

"你不准买……可以啊，你去朋友家玩，最好顺便吃完饭拉完屎再回来。"

☆ **On Video Game Systems**

"You can't have one.... Fine, then go play it at your friend's house. While you're there, see if you can eat their food and use their shitter, too."

★ **论"收看晚间新闻的重要性"**

"我们等一下再继续说，新闻开始了……哎哟，就算你得了肺结核，等个三十分钟也死不了的啦。"

☆ **On the Importance of Watching the Evening News**

"Let's finish talking in a bit, the news is on.... Well, if you have tuberculosis, it's not going to get any worse in the next thirty minutes."

★ **论"适当的送礼时机"**

"没错，我有送他礼物，因为他的肾结石取出来了。如果连那个都能射出石头来了，当然要给点实质性的鼓励啊！"

☆ **On Appropriate Times to Give Gifts**

"Yeah, I got him a gift. He got his kidney stone taken out. If you shoot a rock through your pecker, you deserve more than just a pat on the fucking back."

★ 论"我的第一堂驾驶课"

"首先，一般的汽车通常有五个挡。什么味道啊？哇咧！……好，首先的首先，在车子静止状态下放屁，会让别人觉得你很欠骂。"

☆ On My First Driving Lesson

"First things first: A car has five gears. What is that smell?... Okay, first thing before that first thing: Farting in a car that's not moving makes you an asshole."

★ 论"一年内第三次打破邻居家窗户"

"你到底在搞什么鬼啊？第三次了哎！发生了这么多次，我还真怀疑是不是邻居的错……才不是，他妈的当然是你的错！我现在只是不想承认你身上有我的基因，让我跟这种蠢事扯上关系！"

☆ On Breaking the Neighbor's Window for the Third Time in a Year

"What in the hell is the matter with you? This is the third time! You know, at this point I think it's the neighbor's fault.... No not really, it's your fucking fault, I'm just in denial right now that my DNA was somehow involved in something this stupid."

No.9

自信才能得到女人的心……不然至少可以得到身体

Confidence Is the Way to a Woman's Heart, or at Least into Her Pants

No.9

“没有人会想跟孬种上床的啦。”

“No one wants to lay the guy who wouldn’t lay himself.”

高一升高二的时候，我长高了二十多厘米，突然间成了一米八的大高个儿。老爸在我十六岁生日当天这么跟我说：“你看起来稍微有点像男人啰。”那时我们在茹丝葵牛排餐厅，我正吃着他帮我点的菲力牛排。

发育突然加快的缺点就是我的身体协调感变差，动作不太自然，看起来有点像患了脑中风。虽然我常常走不了几步路就会绊到东西，可好在我投球力道够强劲，从而进入棒球校队担任投手，三振掉不少打击手，帮球队赢得多场比赛。

那一年，我们学校的拉拉队教练为了凸显学校重视团队精神，强制所有拉拉队员出席每场球赛。观看高中棒球比赛跟参加学生电影节差不多，之所以会出席，多半是因为人情压力，观看两小时一再重复的“动作场面”，感官早已疲乏，让人只想跟朋友祝贺一下就快速闪人。不用说，这些拉拉队员为了打发时间，有的把功课带来写，有的则在场边望着草皮发呆。但我老爸的想法跟一般人不同，他几乎出席了所有比赛。

某场球赛后，老爸在回家的路上说：“我注意到那些女生看你的眼神。”

我只好不断地跟他解释，她们根本没在认真看球赛，就算有，也一定是看手表，希望比赛快点结束。

他说：“鬼才相信。”

幸好他没再继续这个话题。但事情还没完。

每逢周日，老爸通常会早起到附近的温歇尔甜甜圈连锁店，买一打甜甜圈回家给家人当早餐，其中有六个是特地买给我吃的巧克力卷。但 1997 年春天的某个星期日，我一觉醒来，却发现厨房旁的餐桌上空空如也。

当时我昏昏沉沉地踏进餐厅，老爸说：“快穿好衣服，我们去买甜甜圈。”

我随便穿了件篮球短裤及 T 恤，然后坐进那辆银色的奥兹莫比尔汽车。我一打开车上的收音机，他就立刻把它关掉，看样子有事要跟我说。

车子开着开着，咻地就经过了温歇尔甜甜圈店。

我说：“我们不是要买甜甜圈吗？”

"不，今天我们要去吃一顿真正的早餐。"他一边回答，一边把车子开进镇上的丹尼连锁餐厅[①]附设的停车场。

我说："这家是丹尼哎。"

"哟，不屑吃吗？你他妈的自以为是英国女王啊。"

我们走进餐厅，老爸跟老板娘招手示意要两人桌。一位女服务生带我们到餐厅另一头的角落小方桌，旁边是一张较大的长方形桌子，周围坐着六名貌似宿醉的大学生，其中两个男的穿着纪念T恤，上面有"圣迭戈兄弟会"的字样。两张桌子基本上靠在一起，只有一小块活动式桌板向下翻折，之间毫无隐私可言。老爸跟服务生点了两杯橙汁之后，便认真地看着我。

他说："身为男人，我觉得做爱很爽。"

隔壁桌那群大学生先是一愣，随即开始窃笑。我越来越慌张，知道他准备要在这家餐厅以他的方式跟我谈"性"说爱。

"搞什么啊，我不想听，你在说什么啊？我们好像不该在这里吃东西，去别家吧。走啦走啦！"

"你在说什么鬼话？我们才刚坐下哎。丹尼的东西确实算不上好吃，但你还不是常吃这种垃圾食物？！"他说这话的同时，服务生正好送上两杯橙汁。

我用眼角余光注意到那群大学生正听着我跟我爸的对话，

① 丹尼连锁餐厅（Denny's），美国著名的连锁餐厅，二十四小时营业，不限时段供应早、午、晚餐。

一副付钱来看戏的样子，我心想搞不好他们还会拿出大桶爆米花边看边吃。老爸完全没察觉我如坐针毡，还继续说他年轻的时候“玩得很疯”，而且还跟不少女人上过床。

“我的样子是没多好看，从来就不是帅哥，但我一点也不在意。你这张脸长得不错，比我帅很多，但我们两个再怎么帅都帅不过男模，对吧？”

我点头表示同意，同时听到旁边一名大学生发出大大的一声“噗”，那群人再度笑成一团。

老爸接着说，想多认识女生的唯一方法，就是要“装作自己很有经验，就算她们说不喜欢你也没关系，此事难免，你别理她们。否则，像我们这类男人是绝对没机会跟女人上床的”。

那名女服务生离我们只有三米左右，正朝我们这桌走来，准备帮我们点餐。我吓出一身冷汗，霎时觉得这家餐厅里的所有人连同整个圣迭戈市，都在偷听我们的对话，看我们的笑话，我只希望噩梦快点结束。所以我大胆地做了一件事：插嘴。

“爸，可不可以请你直接说重点？我不想吃早餐时一直讲这件事，店里很多人都在看。”我同时把眼睛往左右各扫了一下，表示隔“桌”有耳，以及我们的谈话内容实在太丢脸。

他顿了一下并环顾四周，然后目光刚好落在那群大学生身上，他们立刻把脸撇开。

“你在意这些人的想法吗？在意个屁！这些人没半个是你

认识的。”

然后他不置可否地摇了摇头，抓起一旁的报纸来读。这下子情况更加尴尬了，因为我无事可做，只能傻傻地望着报纸的另一面，独自承受这份耻辱。我们点完餐就安静地坐着，直到服务生送来老爸要的炒蛋和我点的松饼。

我终于忍不住发问了：“爸，你刚才到底想跟我说什么？”还刻意压低音量。

“儿子呀，你老是问为什么没有女生喜欢你，这是因为没有人会想跟孬种上床的啦。”

“就只有这样？”

“不是，但如果你连餐厅其他人的想法都那么在意，我不管再说什么也都没用。”

我跟他说不要一直看报纸，于是他把报纸放在油腻腻的桌上，直视我的眼睛。

“所以这就是你带我来这里的原因吗？试试看我会不会觉得丢脸？”

“儿子，你爸是心机那么重的人吗？我只是想跟你聊聊天，顺便吃点炒蛋而已。拜托至少让我完成其中一件吧。”

Shit My Dad Says

我第一次邀请女生参加舞会就被拒绝

“太可惜了。对了，你有没有看到我的腰包？……别误会，我当然在听你说啊，不是说了很可惜吗？天哪，我就不能一边觉得可惜一边找腰包吗？”

On Getting Rejected by the First Girl I Asked to Prom

"Sorry to hear that. Hey, have you seen my fanny pack?... No, I care about what you said, I told you I was sorry to hear it. Jesus, I can't be sorry and wonder where my fanny pack is at the same fucking time?"

老爸珠玑集

★ 论“打扫院子”

“你拿着耙子在干吗？……神马？那也叫耙落叶？……神马？另一种用耙子的方式？少来了，用耙子的方式只有正确和不正确两种。你觉得自己是哪一种？”

☆ On Yard Work

“What are you doing with that rake?... No, that is not raking.... What? Different styles of raking? No, there's one style, and then there's bullshit. Guess which one you're doing.”

★ 论“回归大自然”

“我实在不觉得你这叫野外生存哎，儿子……首先，你的睡袋离休旅车不过短短十几米而已。”

☆ On Being One with the Wilderness

“I'm not sure you can call that roughing it, son.... Well, for one, there was a fucking minivan parked forty feet from your sleeping bags.”

★ 论“我第一次邀请女生参加舞会就被拒绝”

“太可惜了。对了，你有没有看到我的腰包？……别误会，我当然在听你说啊，不是说了很可惜吗？天哪，我就不能一边觉得可惜一边找腰包吗？”

☆ On Getting Rejected by the First Girl I Asked to Prom

"Sorry to hear that. Hey, have you seen my fanny pack?... No, I care about what you said, I told you I was sorry to hear it. Jesus, I can't be sorry and wonder where my fanny pack is at the same fucking time?"

★ 论"我尝试融入都市文化"

"你在地板上扭个什么劲啊？……我不懂霹雳舞是什么，但我真心希望你跳的这个不是。"

☆ On My Attempts to Participate in Urban Culture

"What the fuck are you doing on the floor writhing around?... I'm not sure what break dancing is, but I sincerely hope it's not what you're doing."

★ 论"卖掉他心爱的 1967 年款水星美洲狮双门轿车"

"有了家庭后就是这样，必须懂得牺牲……（停顿一下）……要牺牲非常多……（停顿许久）……接下来几天你最好离我远一点。"

☆ On Selling His Beloved 1967 Two-Door Mercury Cougar

"This is what happens when you have a family. You sacrifice. [Pause] You sacrifice a lot. [Long pause] It's gonna be in your best interest to stay away from me for the next couple days."

★ 论"学力测验（SATs）"

"记住这只是个考试，如果搞砸了，不代表你人生就玩儿完了。但话说回来，请尽量不要搞砸，这考试还蛮重要的。”

☆ On the SATs

“Remember, it's just a test. If you fuck up, it doesn't mean you're a fuckup. That said, try not to fuck this up. It's pretty important.”

★ 论“选择理想的大学”

“不要因为上床的机会比较多就去读……不不，这自然是个很好的理由，很多事情都是通过这个来决定的，可只有大学不是。”

☆ On Picking the Right College

“Don't pick some place just because you think it'll be easy to get laid there.... No, no, that's a very good reason to pick a lot of things, just not this.”

★ 论“借车规矩”

“车是你借的，现在臭得要死。你臭是你的事，但你弄臭我的车就是我的事了。不管你用什么方法，反正把臭味给我除掉就对了。”

☆ On Proper Etiquette for Borrowing His Car

“You borrowed the car, and now it smells like shit. I don't care if you smell like shit, that's your business. But when you shit up my car, then that's my business. Take it somewhere and un-shit that smell.”

★ 论“宵禁”

“你几点回家我不管，反正不要吵醒我就好。你的宵禁就是不准吵醒我。”

☆ On Curfew

"I don't give a shit what time you get home, just don't wake me up. That's your curfew: not waking me up."

★ 论"第一次用发胶"

"看起来还不赖，只不过味道怪怪的。我也说不上来。有点像酒精混合了……不知道……混合了屎的味道吧。"

☆ On Using Hair Gel for the First Time

"It looks fine, you just smell weird. I can't put my finger on it. It's like rubbing alcohol and—I don't know—shit, I guess."

Shit My Dad Says
我老爸的
胡言乱语

No. 10

行为举止务必得体

Always Put Your Best Foot Forward

No. 10

“就算才三岁也没资格在那边胡闹。”

“A three-year-old doesn’t have a license to act like an asshole*.”

小时候，我们全家每年都会前往伊利诺伊州的香槟城探望爸爸的亲戚，整个哈本家族会在娜奥米姑姑家团聚。这些亲戚待人温和、热忱，又会照顾人，跟老爸一点也不像。每次探亲，我都觉得自己好像在拍圣诞节特别节目：大家都穿着五彩缤纷的毛衣。我只要遇到一年没见的大人，他们就会惊呼：“哇！你都长这么高啦！越来越帅啰！”然后笑着跟我爸妈说：“儿子很帅哟！”老爸的回答一律是：“对呀，等他当上模特儿赚大钱，我就可以退休享福啦！”接着就是大笑个不停，时间久到让场面十分尴尬，有时候还笑到呼吸不过来而出现哮喘的声音。穿着鲜艳毛衣的我们只好站在原地，默默等他笑完。

1997 年 11 月的那次聚会上，来了不少我的堂弟堂妹，他们在屋里跑来跑去，活力十足。这些小鬼每个都很可爱，其中一个堂弟特别好玩，他叫乔伊，当时才三岁。在那次聚会前的几个月我才见过他，那时我们去西雅图帮他庆生；他因为生日所以兴奋得不得了，足足有大半个钟头在屋内奔跑，大约每隔一分钟就会突然在某个亲戚面前刹车大喊：“今天是我生日，快乐，噢耶！”有点像幼儿版的范·海伦乐团前主唱大卫·李·罗斯，在演唱会上高歌他的名曲《跳》之前，大肆鼓动歌迷情绪。每次只要乔伊在我面前刹车，我都会在他开口之前，故意抢先说：“乔伊生日呀？”把他逗得更乐，然后只见他双眼睁大，好像看到我飞起来似的，随即兴奋尖叫：“乔伊生日快乐，噢耶！”这样的对话前后大概重复了二三十次，直到我哥丹尼尔走过来说：“你够了没？给我马上停止。”

几个月过去了，现在我在家族聚会上再度见到乔伊，他一瞥见我，立刻露出大大的笑容，跑到我身边大喊：“乔伊生日快乐，噢耶！”我笑了笑，跟他打了声招呼，但他完全没理会我，一直自顾自地重复那句话。开始的十多分钟，大家还觉得他很可爱，有的人微笑以对，有的揉揉他的头发。其间，我爸正好在上厕所，不知道乔伊像吃了兴奋剂的鹦鹉一样，不断重复同一句话，所以他一出厕所看到乔伊，只说了声：“哈啰，乔伊。”

“乔伊生日快乐，噢耶！”乔伊喊完就跑开了，老爸疑惑地问我：“今天是乔伊的生日吗？”

我把情况解释给他听，讲到一半又被乔伊打断：“乔伊生日快乐，噢耶！”

老爸看着乔伊冲进别的房间，理所当然地说：“我得跟他谈一谈。”

老爸找人谈话不看对象、不分年龄，好像把对方都当成四十多岁的物理学家，所以我已经可以预见事情接下来的发展。

“反正他玩累了就会停下来啦。”

老爸答道：“他应该不希望别人把他当白痴吧？”

“但他根本就不知道什么叫做别人的看法吧？他才三岁哎。”

“就算才三岁也没资格在那边胡闹。”

才刚说完，乔伊又高速冲入客厅大叫：“乔伊生日快……”

老爸没等他喊完就打断他：“不对。”

乔伊顿了一下，又说：“乔伊生日快乐？”语带怯懦。

“不对，乔伊，今天不是你的生日，不准再跟别人说是你的生日。”

乔伊一脸不解，显然受到惊吓，仿若一名脱衣舞娘突然从蛋糕中蹦出来，却发现自己误闯了欢迎宝宝出生的派对。

我爸蹲下来盯着乔伊，无情地补上一句：“今天，不是，你的，生日。”

接下来我听到乔伊发出一声长长的尖叫，豆大的眼泪滑落下来。他愤而跑开，两只小手臂晃呀晃，像两根软趴趴的意大利面条。

老爸完全不理会一旁的亲戚不以为然的眼神，站起身，满意地跟我说："哎，发现不是自己生日本来就会受到打击，不过他等一下就会没事了。"

咆哮吧！老爸！

Asshole

Ass，名词，意思是"屁股"或"驴子"，用来指人时，视情况译为"笨蛋"或"讨厌鬼"。例如："You ass!" 语气平铺直叙时，意思为"你这蠢蛋！"；语气娇嗔时，意思为"你讨厌……"。当 ass 上开一个 hole，气就有了出口，因此使用时气势更为磅礴。此出口的学名为"肛门"，俗称"屁眼"，常用来指令人不悦的对象。例如："You asshole!" 即"你这混账！"。若有人在一旁胡闹，就是"act like an asshole（行为举止像个混账）"。

老爸珠玑集

★ 论“发现我偷吸大麻”

“感觉不赖对吧？……真的吗？哦，我们看法不同啰。我刚才说的话不准跟你妈说，跟她说我对你大吼大叫还骂你白痴。嗯……干脆什么都不要说好了。你看我在紧张个什么劲，我明明就没抽过大麻。”

☆ On Finding Out I Tried Marijuana

“Pretty great, right?... Really? Well, we differ in opinion then. Don't tell your mom I said that, though. Tell her I yelled at you and called you a moron. Actually, don't tell her anything. See, now I'm paranoid, and I didn't even smoke any.”

★ 论“我流鼻血”

“怎么了？有人揍你脸吗？……什么？空气太干燥？拜托你，千万要跟别人说你是被揍的。”

☆ On My Bloody Nose

“What happened? Did somebody punch you in the face?!... The what? The air is dry? Do me a favor and tell people you got punched in the face.”

★ 论“民主制度”

“今天晚餐吃鱼排……好啊，那来表决。晚餐想吃鱼排的举手？……看吧，这下子民主让你吃鳖了吧？”

Shit My Dad Says

我想在外面租公寓，但大学离家仅二十分钟路程

“你想独立是吧？……每次你说想要独立，听上去都是你想要多花钱。放心，我绝对不会答应的。”

On Getting My Own Apartment Even Though I Attend College 20 Minutes from Home

"You want your independence, huh?... Every time you tell me about your independence, I just replace that word with the word *money* . Then it's easy to say no."

☆ On the Democratic System

"We're having fish for dinner.... Fine, let's take a vote. Who wants fish for dinner? ... Yeah, democracy ain't so fun when it fucks you, huh?"

★ 论"随时保持绅士风度"

"我个人是绝不会去嫖妓的；而且就算你真的花钱去嫖妓，也不代表你有权利当个蹑手蹑脚、扭扭捏捏的嫖客。"

☆ On Remaining a Gentleman No Matter the Situation

"I personally would never go to a prostitute, but if you've paid some money for some strange, that doesn't mean you can act like an idiot once you get it."

★ 论"分担家务"

"你是大学生了，但搞清楚，你还住在家里，说到这点想必你也觉得很逊吧。"

☆ On My Responsibility to Do Chores

"You're a grown man in college, but you still live in my goddamned house. Huh. That sounds way shittier for you when I say it out loud."

★ 论"我想在外面租公寓，但大学离家仅二十分钟路程"

"你想独立是吧？……每次你说想要独立，听上去都是你想要多花钱。放心，我绝对不会答应的。"

☆ **On Getting My Own Apartment Even Though I Attend College 20 Minutes from Home**

"You want your independence, huh?... Every time you tell me about your independence, I just replace that word with the word *money*. Then it's easy to say no."

★ **论"我在大学首场棒球赛上被敲出近一百四十米远的全垒打"**

"天哪，那根本不叫全垒打，我看是什么鬼太空实验，应该写进科学期刊之类的。"

☆ **On Giving Up a 450-Foot Home Run in My First College Baseball Game**

"Jesus. That wasn't even a home run, that was a fucking space experiment that should be written about in science journals or something."

★ **论"参加学生影展，观赏我生平拍摄的第一部短片"**

"我觉得非常好看……鬼扯，我当然知道你的作品是哪个，就是有车子的那部吧……哦，我还以为那是你拍的，所以看完就走了。少啰唆，参加那个影展难熬死了，跟接受三小时的前列腺检查没什么两样。"

☆ **On Attending the Student Film Festival Where My First Short Film Played**

"I enjoyed it thoroughly.... I know which one was yours goddamn it, it was the one with the car.... Well shit, I thought that one was yours, so I left after. Don't bust my balls, that festival was like sitting through a three-hour prostate exam."

★ 论"应聘上呼特斯餐厅①的厨师"

"不错不错，你没有我想得那么笨嘛！"

☆ On Getting a Job As a Cook at Hooters

"You, my good man, are not as dumb as I first fucking suspected."

★ 论"我的第一任女友（呼特斯餐厅的服务生）"

"她的胸部比我想象中的小。我只是实话实说，没什么好或不好，就只是我的感觉而已。"

☆ On Meeting My First Girlfriend, Who Worked at Hooters

"I thought she'd have bigger breasts. I'm just being honest. That's not a bad thing or a good thing, that's just a thing I thought."

① 呼特斯餐厅（Hooters），创始于1983年的美式连锁餐厅，如今遍布全球近20个国家，有400多家分店，每家分店都有着装清凉的丰满 Hooters 女郎负责点餐，还会不定时表演呼啦圈等余兴节目。

Shit My Dad Says

我老爸的胡言乱语

No. 11

务必肯定自我的价值

You Have to Believe You're Worth a Damn.

No. 11

“你是男的，她是女的，其他的一点都不重要！”

“You are a man, she is a fucking woman! That is all that matters, goddamn it!”

在哈本家族中，我不是第一个年近三十还住家里的儿子，我的两位哥哥也都曾经“家里蹲”过。艾文大我九岁，他和丹尼尔都是老爸和前妻所生。我觉得世界上大概找不到第二个像艾文这样善良又体贴的人了，他是家中唯一的北卡罗来纳洪堡州立大学毕业生，而且从来没吸过大麻。艾文大学毕业后，对未来仍有一些迷茫，因此有好几年的时间，他的工作一个接一个地换，从一个城市跑到另一个城市。二十八岁那年，他回到家中跟我和爸妈一起住（老妈在艾文七岁时就开始带他，视他如己出，艾文也把她当成自己的亲生母亲）。那时可以说是艾文人生的低潮期。

那时我在圣迭戈念大学，同时在太平洋海滩这个滨海小镇的呼特斯餐厅打工。在这之前的一年，我跟死党丹尼本来只是抱着好玩的心态去应聘，压根儿没想到呼特斯正好缺厨师，就被雇用了。但是这份兼职和一般青少年所想象的大相径庭，没多久就成为我生平最糟的一份工作。一旦你对餐厅内随处可见的大咪咪麻木之后，就会突然发现，这份工作的要求，是些许烹饪技巧、一大堆清洁工作，以及忍受一群没安全感的女人对你大吼大叫、催促你薯条炸快一点。我动不动就会大肆跟亲朋好友表达自己有多讨厌这份工作，但也总会安慰自己："再怎么惨，也没有餐厅的洗碗工惨。"

所以当艾文一问我："你可以帮我找份呼特斯洗碗的工作吗？"我就知道他真的过得不太好，虽然听我诉苦过无数次，却还是想要那份工作。于是我也就顺他的意，帮他求到了这份工作。

他一周工作五天，白天在睡眠疗法实验室担任志愿实习生，到了晚上，就穿着衬衫和休闲裤直接到呼特斯洗碗，然后回家睡觉。第二天起床再重复同样的日程。

艾文成天郁郁寡欢的样子，老爸看了十分担心，但更担心他是不是异性缘不好。

某天晚餐后，老爸这么跟老妈说："他长得又不差，而且二十多岁本来就是乱搞的年龄，应该要多认识一些女人。"艾文那时应该正在呼特斯刮掉餐盘残留的酱料。

老爸为了拯救艾文的感情生活，决定帮他制造机会。

某天，老爸下班回家跟老哥说：“大个儿，我要介绍一个女的给你。”（老爸之所以叫艾文“大个儿”，是因为全家人就属他长得最高。）

老哥答道：“爸，我很忙哎。”

但老爸早已替他安排好一场约会，而且我哥个性跟我截然不同，他很少反抗。

老爸说：“保准是你喜欢的那一型啦。”艾文只是半信半疑地点了点头。

出乎意料的是，艾文竟然没向老爸多问什么；不过话说回来，追问下去也不像他的风格。后来我问他为什么默默接受安排，他说：“基本上爸说什么我都会照做。你就是因为爱跟他顶嘴，他才会吼你。我想如果你可以一直这么幼稚，惹他不爽，这样我就不会遭殃了。”

第二周周六的晚上，艾文提早从呼特斯下班。当时我正在厨房的前部工作，刚好遇到他往大门走去；他身上沾满洗过碗盘的脏水，犹如刚踩到混合了辣椒酱和乳酪酱的地雷。

“老哥，你要穿成这样去赴约吗？”

他精神看起来不太好，答道："对啊……但身上闻起来还真恶心，我应该先冲个澡。"然后就离开了。

几小时后，我也下班了，脱下那身恶臭的呼特斯制服，打赤膊开车回家，以免车里充满各种食物和酱料的臭味。我一到家立刻冲进淋浴间冲澡，洗完澡出来，看到老爸坐在客厅躺椅上睡着了。然后我听到大门打开的声音，瞥见艾文走进门廊，蹑手蹑脚地往自己的房间移动，犹如卡通片里的猫想从睡着的恶狗旁溜过。我一时脑筋没拐弯，不晓得他只想默默进房间睡觉，马上就把他叫住。

我兴奋地大喊："约会进行得如何？是美女吗？"

才说完，老爸就被自己的鼾声吵醒了，艾文的神情顿时透露出一丝畏惧。

老爸问："大个儿，约会还好吗？"同时把睡袍穿好。

老哥答："还好，但我累了。"边说边想溜回房间。

"累个鬼。来这里坐坐，跟我说说情况如何。"

艾文平常既斯文又内敛，但偶尔也有情绪失控的时候，像这次他就发飙了。

艾文大吼："人家可是神经外科住院医师，以前还当过什么俄克拉何马州小姐！"双眼迸出怒火。

老爸回答："对呀！这货色还不错啊？"似乎不懂他在不爽什么。

"不错个屁！我都二十八岁了还住在家里！啊！还在呼特

斯帮别人洗碗！”

艾文很少骂脏话，更不会在老爸面前爆粗口。我无法判断老爸当时的心情是愤怒还是震惊，但他的脸色迅速变得铁青。

老爸说：“你到底想说什么？”

“我要说的是，今天晚上我难堪得要死，那女的以前八成都跟医生或男模之类的人交往！妈的！”

然后艾文说了一句话，直接踩到了老爸的“地雷”。

“我这种人才配不上她！根本是丢脸丢到家！”

老爸低下头看着地板，喃喃自语“配不上？”好几遍，很像印第安纳·琼斯努力想解读某个古怪部落长老的死前遗言。然后他就火山喷发了。

他嘶吼道：“你他妈的说什么屁话！”

我当下悄悄离开客厅这个战场，躲在门廊旁边偷听。

“配不上她？！你他妈的胡说八道什么啊？你是男的，她是女的，其他的一点都不重要！蠢货！”

之后我就听不懂他在吼什么了，但几分钟后，艾文气冲冲地从我身边走过。我偷偷往客厅瞧了一眼，看到老爸似乎对刚才发生的事感到后悔。他通常在吵架后，都是满脸涨红、眼神坚决，犹如一些强权领袖在联合国大会致辞时，尽管不受认同却依旧毫不让步的神情。但这一回，他的神情似乎有点难过。于是我决定回房睡觉，不想再去激怒他。

接下来的几天，都没有人提起那晚的事，我以为事情就这样过去了。大约一星期后，老爸某日刚下班回家，就要我跟艾文上车，说要带我们去黑安格斯牛排馆[①]吃晚餐。这家牛排馆的等级就有如职业棒球大联盟中的堪萨斯城皇家队——严格来说有一定水准，却不会有让人惊喜之处。

我语带失望："黑安格斯哦？"

老爸只撂下这句话："少废话。"

我们到了黑安格斯，走进一间昏暗的包厢，里面的皮椅已有多处裂开。老爸点了三份红屋牛排[②]，这是他最喜欢的。我不知道艾文作何感想，我自己是十分纳闷我们干吗没事来黑安格斯，毕竟那天不是假日，也没有特别的事要庆祝；通常我们家只有特殊情况才会吃牛排。

老爸先是客套了几句，问我们最近一个星期好不好之类的，等到女服务生把牛排端上桌后，他说："跟你们说件往事，我以前跟空姐有过一腿，还被她传染过疱疹呢。"

于是他淋漓尽致地交代了整件事的来龙去脉，包括怎么跟那位空姐认识、两人"相处"的细节，以及后来发生的事，十分曲折冗长。

① 黑安格斯牛排馆（Black Angus），美国中西部大型牛排连锁餐厅，选用美国黑安格斯牛肉，分店大多位于加州。
② 红屋牛排（Porterhouse），指牛的腰脊肉，俗称红屋牛排。

“当时我逢人就说那个空姐传染疱疹给我。为什么呢？因为我不敢相信那么漂亮的女人会和我这种丑男在一起，当然要好好炫耀一下。直到后来恶化成急性神经根炎[①]，我才去看医生，要多惨有多惨，差点连命都没了。反正我要讲的是，过了好长一段时间，我才明白自己在女人面前用不着自卑，但也不必因为得了疱疹就到处张扬。”

我们父子三人坐着，不发一语。过了一会儿，老爸叫了服务生过来：“给我们一份甜点的菜单吧，我嘴馋了。”

我跟艾文对看一眼，不知道该对老爸这段情史作何回应。

“哇，爸，你也太劲爆了吧！”我边憋住笑边故意挖苦他。

此时艾文开始咯咯地笑，我一看到他笑，也就忍不住大笑起来。

老爸摇摇头说：“行了啊，你们两个去死啦。我可是以过来人的经验，教你们一些看待女人的学问。”

此话一出，我们兄弟俩反而笑得更大声了，艾文甚至笑到差点断气，周围用餐的客人莫不对我爸投以同情的眼神，可怜他必须忍受两个毫不体贴的儿子。结果后来老爸自己也忍不住笑了出来。

① 又称格巴二氏症候群（Guillain-Barré syndrome），可以让人在数天甚至数小时内四肢瘫痪而无法行动。

“好啦，你们两个小鬼觉得开心就好，其他的一点都不重要。”他一边说，一边接过服务生送来的甜点菜单。

老爸珠玑集

★ 论“带我第一任女友去拉斯韦加斯”

“拉斯韦加斯？这我就不懂了，以你们两个的年龄，既不能赌博又不能喝酒，唯一可以做的事就是找一家旅馆然后……啊哈！难怪。算你聪明。”

☆ On Taking My First Girlfriend to Las Vegas

“Vegas? I don't get it, neither of you are old enough to gamble. You're not old enough to drink. The only thing you're old enough to do is rent a hotel and—ah, I gotcha. That's smart.”

★ 论“发觉自己年纪大了所以身高开始缩水”

“我明明就有一米八！以前还超过一米八呢！唉，头都已经要秃了，拉屎也变得不规律，老天还觉得不够是吧？非得要再给我个打击才甘心。”

☆ On Realizing He Was Starting to Shrink Due to Old Age

“I'm five foot eleven! I used to be six feet, goddamn it. Boy, going bald and shitting infrequently ain't enough for God, huh? Gotta rub it in, I guess.”

★ 论“家中第一只宠物狗的死亡”

“它真是只好狗。你哥难过得要死，所以最近少去烦他。人家可是陪布朗尼走完了最后一程，才肯让兽医把它丢到垃圾堆里的。”

☆ On the Death of Our First Dog

“He was a good dog. Your brother is pretty broken up about it, so go easy on him. He had a nice last moment with Brownie before the vet tossed him in the garbage.”

★ 论“我被第一任女友甩了”

“听着，我知道你很难过，但你们两个也才十九岁，难不成你以为一辈子都会跟她搞在一起吗？别傻了。”

☆ On Getting Dumped by My First Girlfriend

“Listen, I understand you're upset. But you're both nineteen, you can't think you were only gonna screw each other forever. That's just silly talk.”

★ 论“我努力想掩饰宿醉的模样”

“酒还没醒吗？拜托，我怎么可能没闻到你浑身酒臭？任何有关喝酒跟赛马的事，绝对瞒不过肯塔基州的人。”

☆ On My Attempt to Hide a Hangover

“Coming down with something? Please. You reek of booze and bullshit. Don't lie to a Kentuckian about drinking or horses, son.”

Shit My Dad Says

家中第一只宠物狗的死亡

“它真是只好狗。你哥难过得要死，所以最近少去烦他。人家可是陪布朗尼走完了最后一程，才肯让兽医把它丢到垃圾堆里的。”

On the Death of Our First Dog

"He was a good dog. Your brother is pretty broken up about it, so go easy on him. He had a nice last moment with Brownie before the vet tossed him in the garbage."

★ 论“挑选他的生日礼物”

“我只要波旁威士忌或运动裤，其他东西一概进垃圾桶……不用，千万不要发挥创意。这不是你发挥创意的时候，这是威士忌和运动裤的时候。”

☆ On Shopping for Presents for His Birthday

“If it's not bourbon or sweatpants, it's going in the garbage.... No, don't get creative. Now is not a creative time. Now is a bourbon and sweatpants time.”

Shit My Dad Says

我老爸的
胡言乱语

No. 12

务必活得认真

Focus On Living, Dying Is the Easy Part

No. 12

“我死了就死了，没什么大不了的，那又不是我的问题。我只要死前没有一屁股烂摊子就心满意足了。”

“When I die, I die. I could give a shit, ’cause it ain’t my problem. I’d just rather not shit my pants on the way there.”

老妈来自天主教家庭，老爸则不信教，但对犹太教及其习俗十分了解。尽管如此，他们在养育孩子这方面，绝不带半点宗教色彩。老爸对于教会组织没什么兴趣，他是个科学家，信奉科学，就这么简单。我十一岁那年某天吃早餐的时候，第一次问他关于上帝的问题，他答道：“想信什么都可以，把乌龟当做神也没人管你，随你便，不关我的事。我有自己的信仰。”

事实上，我生平只体验过一次宗教教育，那回是我妈坚持要我多了解自己的“犹太血统”，因而把我送到北边的圣迭戈郡参加一个营队。学员都跟我一样，双亲分别来自犹太教和天主教家庭，而参加这个营队是为了进一步认识犹太教。我大概上了三堂课，授课的拉比[1]就跟我爸妈告状，说我一直要他证明上帝真的存在。

老爸问拉比："哦，那你怎么跟他说的？"

"我向他解释何谓信仰，还有上帝如何……"

老爸立刻打断拉比的话："听着，我觉得他只是不想牺牲周末来学这些东西。抱歉，我没别的意思。"

就这样，我再也没回去上课。

尽管和宗教有了短暂的接触，但我对于死亡这件事仍心怀恐惧。我跟大多数人一样，向来都很害怕死亡，也深受"生命的意义何在？"这个问题的困扰，而我的成长过程又缺乏宗教心灵方面的洗涤，因此一直未能获得解答，为此焦虑不安之时也无法寻求慰藉。只要听到名人或亲朋好友过世的消息，我就会开始思考死亡这件事，烦恼自己死后会发生什么事、往何处去、是否还有意识，等等。脑海浮现千头万绪，心跳速度倍增，脸上失去血色，不得不躺下来休息。

记得大学时，某次棒球练到一半，我听说某位高中同学出车祸死了。可以理解，我当下立即感到一阵晕眩，非躺下来不

① Rabbi，即犹太教的教士。

可。队友和教练跑来问我为何躺在球场上，我就找了一个绝不会有人怀疑的借口：“我想我有点拉肚子。”

那时我深刻了解到，虽然死亡带来的极度惶恐不会要了我的命，但我应该尽快学会如何成熟地面对这件事。我遂决定跟老爸聊聊，因为他大概是我身边最能泰然自若地谈论死亡的人。

“我死了就死了，没什么大不了的，那又不是我的问题。我只要死前没有一屁股烂摊子就心满意足了。”

他这句话我已经听过好几次了，我也想要有这么豁达的态度，不然至少也要知道他为何能如此毫不在乎。

于是某个早上，他坐在厨房餐桌前边吃麦片边看报纸时，我坐到他旁边，也倒了麦片来吃。我们就这样闷头吃着各自的天然全麦谷物（符合每日建议的营养摄取量），过了几分钟，我终于开口说：“对了，爸，我想问你一下。”

他的视线从报纸上移开，看着我说：“什么事？”

我开始拐弯抹角起来，先是避重就轻，分享了我对宗教的看法，以及天堂与地狱是否存在等，他后来干脆打断我说：“你鬼扯了一堆，问题呢？”

“你觉得人死后会怎样？”

他放下报纸，舀了一大勺麦片到嘴中，随口说：“哦，一切就回归虚无啦。”语毕又拿起报纸继续看。

我问：“那‘虚无’是什么意思？”同时感觉心跳开始加速。

他再度放下报纸。

“虚无就是没有东西，什么都没有，你要我怎么解释啊。我也不知道，如果硬要我说，大概就像无穷无尽的黑暗，没有声音，什么都没有。懂了没？”

这下子我的心跳更快了，感觉头有点晕。我实在不懂为何他可以接受这个说法，而且还说死后是无穷无尽的黑暗，这更加深了我原来的恐惧。我这个人向来特别注意时间，而且达到几近偏执的程度。念大学的时候，有天晚上我偷吸大麻，室友回来后发现我坐在微波炉旁，不断重复设定十五秒的倒计时，只为了计算到底过了几分钟。现在老爸竟然说死后没有来生，而且还是我无法衡量的虚无。

我说：“你怎么知道？我看你也不知道吧，那只是你个人的意见。”

他答道：“你错了，这才不是我个人的意见，本来就是如此，我是实话实说。”顺手又把报纸拿起来继续看。我当时只觉得自己快昏倒了，于是就摇摇晃晃地离开了餐桌，走向爸妈的房间。老妈当时正坐在床上，马上就察觉我不太对劲。

“小汀，你脸色怎么这么差！发生什么事了？”她拍了拍床，示意我坐下来。

我把事情跟她说了，她试图安抚我的情绪，接着表示老爸当然不知道死后会发生什么事，然后轻声安慰我说：“他又没死过，这种事只有死了才会知道，对吧？”

我半信半疑地回答：“也对，或许就像你说的啰。”

此时老爸刚好走进房间，老妈一脸严肃地看着他说：“山姆，快跟贾斯汀说你不知道死后会发生什么事。他知道你是随便讲的，你就承认了吧。”

“怎么可能？！老子可是清楚得很，事情就是这样。”随即离开了房间。

当晚我几乎没睡，不断地想无尽的虚无到底是什么。我上回失眠是十五岁那年——某晚为了分析《回到未来 2》的情节，我整夜思索主角在穿越时空、改变历史之后，将出现多少个处于平行世界中的山谷镇。那次失眠是因为既兴奋又疑惑，而这回则纯粹是由恐惧引起的。

辗转反侧整晚之后，我终于放弃，清晨五点半就拖着身子起床。刚晃出房间就看到老爸坐在餐桌前吃麦片，他叫我过去坐，我便乖乖照做。

他说：“你知道无穷无尽最大的好处是什么吗？”

“不知道。”

“就是没有终点。你、你的身体、你体内的能量，都会到某个地方去，就算死了也是一样。你并没有因此消失。”

看样子，老妈找他谈过了。

我焦急地问道：“所以你的意思是我们永远都会活着吗？即使变成鬼魂之类的？”

“拜托，并不是。真是受不了你，我看你得多上一些科学课才行。我说的是，你身体的组成分子会一直存在，以后也不会消失。所以你真正要担心的是现在，这个有身体、有脑袋、会撒尿拉屎的当下。想想怎么活就好，死亡这事儿简单多了。”

然后他放下汤匙，看了我一眼，站起身子说：“现在我先不奉陪了，因为我要去做一件活着才能做的爽事——大便。”

老爸珠玑集

★ 论“接到推销电话”

“喂？……滚。”

☆ On Telemarketer Phone Calls

“Hello?... Fuck you.”

★ 论“我想抽雪茄”

“你不是抽雪茄的料啦……哦，我当下想到的第一个原因是，你拿雪茄的方式很像在帮老鼠打手枪。”

☆ On My Interest in Smoking Cigars

"You're not a cigar guy.... Well, the first reason that jumps out at me is that you hold it like you're jerking off a mouse."

★ 论"考虑要不要去刺青"

"你想干吗是你的自由，但我想干吗也是我的自由。我到时一定会到处跟人说你的刺青难看死了。"

☆ On Entertaining the Notion of Getting a Tattoo

"You can do what you want. But I can also do what I want. And what I'll be doing is telling everyone how fucking stupid your tattoo is."

★ 论"看家"

"如果家里失火了就打电话给我；还有，不准在我床上做爱。"

☆ On House-Sitting

"Call me if something's on fire, and don't screw in my bed."

★ 论"我计划的欧洲之旅"

"我知道你想到时候可以跟很多美眉上床，但欧洲并不是什么温柔乡，跟这里一样平凡，别傻了！"

☆ On My Trip to Europe

"I know you think you're going to get all kinds of laid. It's not a magic place, it's the same as here. Don't be stupid."

★ 论“棒球卡”

“如果你过了二十岁还在卖这些东西，就代表你八成还是个处男，要不然就是在筹资嗑药。”

☆ On Baseball Cards

“If you sell them over the age of twenty, it means you either never get laid or you have a drug problem.”

★ 论“第一次使用老年优惠”

“喂，我是老人哎，免费的东西还不快拿来。”

☆ On Deciding to Use His Senior Discount for the First Time

“Fuck it, I'm old. Gimme free stuff.”

★ 论“电视剧《X 档案》”

“到底是那女的和那呆头呆脑的男的有一腿，所以一起去找外星人，还是说他们有一腿，只是动不动就被外星人跟着？”

☆ On the Television Show *The X-Files*

“So, the woman and the dopey-looking guy screw, and then they look for aliens—or they just screw and sometimes aliens follow them?”

★ 论“总统该选小布什还是戈尔”

“戈尔有点像爱说大话的讨厌鬼，但我每次看到布什的脸，就觉得他八成有一屁股烂摊子，成天担心该怎么收拾。”

☆ On Whether to Vote for George W. Bush or Al Gore

"Gore seems kind of like a pompous prick, but every time I see Bush I feel like he's probably shit his pants in the last year and it's something he worries about."

Shit My Dad Says

我老爸的胡言乱语

No. 13

绝对不要随便相信权威

Don’t Be So Quick to Buy into What Authority Prescribes

No. 13

“我的意思是，你虽然解决了狼的问题，但是镇上所有人都会觉得你是神经病，竟然为了吓走狼群去买地雷。”

“What I'm saying is: You might have taken care of your wolf problem, but everyone around town is going to think of you as the crazy son of a bitch* who bought land mines to get rid of wolves.”

在我九岁的时候，身上的关节开始变得怪怪的，我浑身不对劲儿，感觉就好像有个迷你人藏在里面给我挠痒。我虽然不会痛，却常常觉得不舒服，而且衰的是，这感觉伴随着一种副作用：常常抽筋。我妈觉得我应该去看医生，但医生检查后也找不出什么毛病，只说：“他正在长个儿啦，因为长得太快，才会出现这种现象。这完全正常，过了就好了。”

我跟老爸抱怨过无数次了，某晚我再度跟他发牢骚时，老哥丹尼尔在一旁提出不同的见解："搞不好因为你是 gay。"

我爸吼了他一声："给我安静！"接着问我："你会痛吗？"

"不会，只是……不知道哎，就是怪怪的。"

"你解释得还真'详细'啊，惜字如金，你他妈的又不是海明威。如果不痛，那问题在哪里？"

"不知道，就感觉常常要伸展一下。"

老哥叽歪个没完："爸，他无时无刻不在'痉挛'啦。"

老爸厉声对他说："我看你的大嘴巴也无时无刻不在'痉挛'。"然后又转向我说："好吧，万一痛要跟我说。"

从那时起，全家人（包括我自己）都把我关节的不适感称做"痉挛"，听久了还真像 18 世纪英国贵族嫖妓得来的性病之类的，但由于朗朗上口，大家也就习以为常了。

记得小时候，我的家庭医生都是由我爸指定的，他挑的多半是工作上有往来的医生。某次我针对自己没决定权一事表达不满，他不耐烦地说："不好意思，你是医学院出身的吗？你过去二十五年来有在钻研医学吗？连个屁都不会。医生还是交给我选吧，你就安安静静地在旁边发你的呆好了。"

我二十一岁那年，原来的医生搬走了。于是，保险公司寄给老爸一份医师名单，请他从中选择一位，但里面没有半个他认识的人。所以他就把名单给我看，把决定权交到我手上。

他吩咐："听好，你可能会觉得我有偏见，但最好挑个有犹太姓氏的医生。"

"爸，这是种族歧视哎。"

"什么种族歧视？哎，我拜托你，这才不是歧视，只不过我认识了很多犹太医生，而他们医术都非常高明。还有，别忘了你爸也是犹太医生，而且——呐，随便你！"他老大不爽地离开了客厅。

最后我选择了一位和老爸在同一家医院工作的医生。几个月后，我去做例行健康检查。医生很年轻，身材矮小且一头黑发，颇像犹太人版的汤姆·克鲁斯……不过要再加上大舌头。一般健康检查程序不外乎吸气、吐气、转个头、咳嗽两声、用小槌子敲膝盖，等等。

他最后得出结论："好啰，你很健康。还有其他问题吗？"

我想了想，本来要说没有，但忽然记起"痉挛"一事，觉得顺便问问这位医生好了。我描述了一下症状，接下来几分钟他问了些问题，同时进行其他身体检查——让我的腿前后移动，压了压我的关节——然后要我在诊疗室等他，之后便离开了两分多钟。

他回来的时候，手上拿着一张处方笺说："跟你说，这个药叫左洛复。"他接着说明左洛复的历史及用药方式，表示这个药可能有用。

Shit My Dad Says

第一次搬出去独立生活

“我本来要说我会想你的，但既然你住的地方离这里不过十分钟，我只想说，不准把脏衣服拿回家洗。”

On Moving Out of My Parents' House for the First Time

"I'd say I was gonna miss you, but you're moving ten minutes away, so instead I'll just say don't come over and do your fucking laundry here."

他说："我不敢百分之百保证有用，但的确可能有用，说不定你的关节病就因此治好了。我认为可以试试看。"

我马上表示自己很乐意尝试。等他开好处方，我就直接去药房领药。

当晚因为老妈得加班，只有我和老爸两人在家吃晚餐。他问我健康检查的状况，我跟他说一切良好，还补充了一句："哦，对了，他还开给我一些治疗'痉挛'的东西。"

"哦？什么东西？"他的双眉皱成一座陡峭的小山丘。

"哦，就是医生说他不确定我的'痉挛'是什么造成的，所以就……"

"就怎么样？提示一下。"他有点咬牙切齿。

我告诉他我去药房领了叫左洛复的药。

他大吼："你现在就给我把那个鬼药拿来！"然后向我伸出手来，好像我能让药凭空出现似的。

"哎？为什么？你干吗那么凶？"

"你连那个药是用来干吗的都搞不清楚，那可是抗抑郁药哎，专门开给有抑郁症的人啊，你有吗？"

我跟他说没有，接着说我实在受不了"痉挛"，它害得我晚上都睡不着，还要常跟别人解释为什么身体关节会莫名地抽动，自己听了都觉得可笑。

老爸深深吸了一口气，自言自语：“你别摆着一张大便脸了，冷静一下。”随后把身子靠到椅背上。

“听我说，假设你有一座农场，里头养了一群绵羊。每天晚上都会有狼来吃羊，你很想解决这个问题。好，你可以选择去买地雷，埋在农场附近，狼一接近就会踩到地雷，被炸得粉身碎骨。如此一来，问题就解决了，对吧？”

他盯着我瞧了好一会儿，我才发觉他是在问我问题。

我说：“我完全听不懂你在说什么……”

“我的老天爷，你真够迟钝。我的意思是，你虽然解决了狼的问题，但是镇上所有人都会觉得你是神经病，竟然为了吓走狼群去买地雷。大家会把你当成疯子，以后只记得你埋过地雷。更惨的是，你以后再碰到狼群，就只知道把它们炸得稀巴烂。懂我的意思了吗？”

说完他便把身子靠回椅背，我们两个沉默对望了好一阵子。

“爸，我就是要吃药。”

“你敢！”

他愤而从椅子上起身，冲到我房间。我听到他在房内一阵狂搜，翻箱倒柜，把抽屉开开关关，拉开我背包的拉链详加检查。他回到厨房，手里握着我那瓶左洛复，大步走向洗手池，把价值二十美元的药丸一股脑地倒进排水孔，并打开厨余处理器加以辗压。

“你以后会感谢我的。”他边说边走回餐桌，继续吃他的晚餐。

我问：“你这样叫我怎么跟医生说？”

“管你怎么说？！叫那个医生下岗。”

几个星期后，有天老爸提早下班回家，一头探进我的房间，我正忙着做功课。

他说：“带点吃的走吧，我们要去医院。”

“为什么？拜托不要骚扰我的医生。”

“说什么鬼话，我又不是疯子。”

于是，我们父子俩驱车前往圣迭戈加州大学医学中心。一走进候诊区，老爸就去服务台办理了挂号手续。两分钟后，护士叫到我的名字，引领我和老爸到后方一间诊疗室，里面有位头发花白的老医生正在等候。

老医生伸手跟我爸握手：“山姆，真高兴见到你。”

他们聊了几分钟，说了一些医生才懂的笑话，最后的笑点多半是：“结果那个连冠状动脉栓塞都称不上呢！”接着就是一阵歇斯底里的狂笑。我板起脸，坐在那位医生的办公桌上，桌上铺了一层薄薄的白纸。我努力想把屁股摩擦白纸的沙沙声降到最低，同时等他们注意到我的存在。

医生问："那么，今天有什么我可以效劳的吗？"

"这小鬼的关节不太舒服，搞得他心神不宁的，希望你可以帮他看看。儿子，你自己跟医生说。"

"哦，就感觉像有人从里面挠痒痒……"

老爸厉声说："搞什么鬼，用医学名词啦，人家是医生哎。"

那位老医生帮我进行了一系列的身体检查，跟我之前那位医生所做的如出一辙，然后转头跟我爸描述，简直把我当空气。

"我认为最主要的原因就是你儿子一下子长太快，造成关节的压力，他才会有这种奇怪的感觉。"

老爸说："你的意思是他的身体在作怪吗？"

"嗯，可以这么说啦。"

我终于得到了答案。

我们离开诊疗室后，回到医院走廊上，老爸忽然转过头来，小声跟我说："那些话我也会说。去他的医生，对吧？！"

咆哮吧！老爸！ Bitch/Son of a bitch

字面义为“母狗”，原指“性”致勃勃、如母狗发情般的女性，俗称“婊子”；引申为不理性、难沟通、好争吵的人，简称“泼妇”。

用来指女性时，可直接使用“bitch”（美国时下年轻人更爱用“biatch”，意思不变）；用来指男性，习惯用“son of a bitch”，即汉语中的“狗娘养的”。但在部分场合中无论男女皆适用，例如有些好朋友间打招呼可能会说“Hello, bitches!”

文中“think of you as the crazy son of a bitch”不宜译为“狗娘养的”，而是指他“神经病”。父亲用“son of a bitch”来称呼自己的儿子，给人一种“奇妙”感受。

老爸珠玑集

★ 论“养护花圃的技巧”

“就是要浇水。反正你就拿起这根烂水管，把水浇在植物上面。你不需要付租金，浇就对了啦。问这么多。”

☆ On the Proper Technique for Growing a Garden

“It's watering plants, Justin. You just take a goddamned hose and you put it over the plant. You don't even pay rent, just do it. Shit.”

★ 论“第一次搬出去独立生活”

“我本来要说我会想你的，但既然你住的地方离这里不过十分钟，我只想说，不准把脏衣服拿回家洗。”

☆ On Moving Out of My Parents' House for the First Time

“I'd say I was gonna miss you, but you're moving ten minutes away, so instead I'll just say don't come over and do your fucking laundry here.”

★ 论“给新家添置家具”

“选家具跟选老婆一样，你觉得舒服好看最重要，但不能太好看，以免路人看上眼，动起歪脑筋。”

☆ On Furnishing One's Home

“Pick your furniture like you pick a wife; it should make you feel comfortable and look nice, but not so nice that if someone walks past it they want to steal it."

★ 论“突然造访我住的新公寓暨首次看到我的房间”

“为什么墙上的壁画是两个人在做爱？……儿子，恕我直言，你可不是笑星安迪·考夫曼哦。如果你以后成名了，或许别人就会觉得这样很有趣，但现在我看到这幅壁画，只会觉得你大概一辈子都得当处男了。”

☆ On Coming Over to My New Apartment Unannounced and Seeing My Room for the First Time

"Why is there a mural of two people fucking on your wall?... Son, let me be the first to tell you that you're not Andy fucking Kaufman. When you get famous maybe shit like this will be funny, but right now all it says to me is this kid never gets laid. Ever."

★ 论“我对于轮胎被割破的反应”

“哦，这种事干吗去报警？！警察要忙真正重要的案子，我可不希望自己纳的税，被警察拿去用来找出谁在恶搞你。”

☆ On My Response to Having My Tires Slashed

"Oh, don't go to the goddamned cops. They're busy with real shit. I don't want my tax dollars going to figuring out who thinks you're an asshole."

★ 论“省吃俭用”

“你为什么看每月开销？……何必呢！我来帮你把事情简化一

下：你的薪水根本少得可怜，所以一毛钱都不要花。”

☆ On Living on a Budget

“Why are you going over your monthly expenses?... No, let me shorten this process for you: You make dog shit, so don't spend any money.”

★ 论“我朋友被开了一张 MIP[①] 罚单后的反应”

“他哭了？哇咧，你千万不要跟他一样……哦，当然最好是不要被开罚单。但就算被抓现行，也不要哭成那样，真够丢脸的。”

☆ On My Friend's Response to Getting a Minor-in-Possession Ticket

“He cried? Jesus, don't ever have that happen to you.... Well, no, try not to get a ticket, sure, but if you do, don't cry like a fucking baby.”

★ 论“得到昆汀·塔伦蒂诺制片公司的一份实习工作”

“你说那个丑到爆的家伙……哦，是啦，恭喜你。不过如果你刚吃饱后见到他本人，尽量不要盯着他的脸瞧。”

☆ On Getting an Internship at Quentin Tarantino's Production Company

“That is one ugly son of a bitch.... Oh, yeah, no, congratulations. If you see him, try not to stare at his face if you've eaten anything.”

① 即 Minor in Possession，指未成年人非法持有酒精、大麻等。

★ 论“我有意从事跳伞运动”

“你不会真的去啦，我敢打包票……儿子，以前可是我帮你把屎把尿的，你有几两重我比你还清楚……好啦，是你妈帮你把屎把尿的，但我多半也在她旁边啊。”

☆ On My Interest in Going Skydiving

“You won't go do that, I know It.... Son, I used to wipe your ass, I know you better than you know you.... Fine, Mom used to wipe It, but I was usually nearby.”

★ 论“我的棒球生涯因手臂受伤而告终”

“真是可惜，如果你很不爽，想发泄一下，就跟我说，我们去打打高尔夫球什么的……哦，对，你手臂受伤了。嗯，也可以用其他方式来发泄啦。”

☆ On the Arm Injury That Ended My Baseball Career

“I'm really sorry, son. If you're pissed off and you need to blow off some steam, let me know. We'll go smash some golf balls or something.... Oh right, the arm. Well, there's other, nonphysical ways to blow off steam.”

★ 论“品客洋芋片的口味”

“我才不要吃什么‘pizzalicious[①]’口味，这是什么鬼形容词，怎么可以把‘licious’乱加到名词后面，根本就狗屁不通。”

① Pizza（比萨）与 delicious（美味的）结合而成的复合词。

☆ On Pringles Flavors

"I'm not eating something called 'pizzalicious.' That's not even a fucking adjective. You can't just add 'licious' to nouns. That's bullshit."

No.14

孩子是父母永远的牵挂

You Never Stop Worrying About Your Children

No. 14

“他们会把你像猪一样开膛破肚，在你的尸体上撒尿，最后再丢下一句‘欢迎来到墨西哥！’”

“They'll gut you like a pig, piss on your corpse, and then say 'Welcome to Mexico!'”

大三的时候，我搬出家中，住进圣迭戈太平洋海滩的一套三居室公寓，室友分别是我的死党丹尼，以及另一个女性朋友。虽然新住处离爸妈家只有十分钟的路程，但在老爸眼里，我跟搬到瑞典没什么两样，因为他是绝不会来造访的。

我问他是否会来看一下屋况，他说：“我不想知道你在屋子里干吗。”

“爸，屋子里没发生什么见不得人的事啊。”

“你没有搞懂我的意思，我是根本不在乎那间屋子里的事，这叫做‘漠视’，听不懂就去查查字典吧。”

我那段时间虽然自己住，但仍每星期回家一次，洗个衣服，搜刮一些冰箱里的食物，尽可能利用家中现成的“资源”。

某天下午，老爸刚好给后院的玫瑰浇完水，一进屋就发现我在享用奶油芝士面包圈，那是他原本准备要给自己吃的点心。他说：“你就这样随时大摇大摆地晃进家门，想要什么就拿什么吗？你以为你是该死的纳粹，可以随时闯进德国小老百姓家里大吃大喝啊。”

我知道老爸其实很高兴见到我回家，尽管他绝不会承认这点。我通常是晚上过去，那时他也正好下班回家，我们就会聊聊彼此的近况。那段时间，我头一回感到自己可以像大人一样跟老爸说话，甚至开始像朋友一样亲近。直到六月底的某个傍晚，他要我星期五那天跟他一起把花圃好好整顿一下，那时我才发觉，我们之间的藩篱已经在不知不觉中消失了。

“星期五下午四点过来，不准给我迟到，我可不想天黑后还要搞这件事。忙完后，晚餐我请客。”

老爸将花圃视为家中的一块圣地。他于 1972 年买下这栋房子后，把前后院所有多余的空间都弄成了花圃，而且除了花，还种番茄、莴苣，甚至种过玉米。他十分宝贝他的花圃，一有空就会到院子里悉心照料每棵植株，而且绝不允许别人乱碰。哪怕再粗重的工作，老爸都自己一手包办，但他打算在周五搭个篱笆种番茄，若只有一个人做，难度颇高。多年前我还小的时候，曾经帮他做过类似的工作，我那时本来要把铁丝网弄弯后再缠成圆柱状，但手不小心一滑，铁丝整个反弹回去，硬生生刺到了老爸的腿。

“嗷！”他痛得大叫，然后转过头来对我说，“滚啦！”

所以这次他叫我星期五帮忙整理花圃，对我来说意义十分重大。他不是需要我帮忙，而是希望我帮忙。

周四晚上，也就是要帮老爸的前一晚，我跟同学史黛西一起念书。由于我们都在该学年退了一门课，所以必须在暑期补修。我之前跟史黛西一起修过几门课，早就在暗恋她了，但从没约她出去，也没表露过自己的心意，主要是因为她有男朋友了。但就算她单身，我大概也没那个勇气采取行动。她一头金发，胸部“雄伟”，是我自 high（兴奋）时无数次幻想的对象。我们坐在她床垫上念书，她转头对我说：“跟你说，我跟彼得分手了。”

我的幻想有九成以上都是如此开场。

她问我：“我现在念不进书去，无法专心。我想找点乐子，你想吗？”

“好啊。”我努力假装镇定。

“我和几个朋友今天晚上要去罗萨里托（Rosarito）庆祝国庆，旅馆房间都订好了，一起来吧。”

Shit
My
Dad
Says

另类娱乐

“一边坐着喝啤酒，一边看狗狗对着沙袋发情，其实还蛮有趣的。”

On Nontraditional Entertainment

"There's something to be said for sitting around and drinking a beer while you watch your dog try to fuck a punching bag."

其实就算她说："我跟几个朋友要把小火箭塞到屁屁里，点燃后向警察局发射，一起来吧。"我也绝对会答应。

我跟她说我需要十五分钟打包一下，然后故作冷静地踱出她家，在黑夜中狂奔回车上；我紧张到太阳穴附近冒出豆大的汗珠，车一发动就把油门踩到底。不幸的是，我那辆 1986 年款的奥兹莫比尔最高时速只有九十多公里，所以比想象中晚到家。我急忙把几件衬衫、一条泳裤以及家中所有安全套（三十个左右）全扔进背包，然后开车回史黛西家。我跟史黛西，加上她的三个好闺蜜，一同跳上她朋友的雪佛兰休旅车，一群人往墨西哥开去。

罗萨里托邻近蒂华纳市，是墨西哥北部的海滨小城，给人的感觉犹如洋基队跟红袜队在芬威球场大战时的观众看台：既拥挤又肮脏，放眼望去是数千名醉醺醺又吵闹的美国人，随地乱丢垃圾。尽管如此，这个小镇仍有其迷人之处。罗萨里托最引人入胜之处，就是年满十八岁就可以喝酒，以及东西便宜到不行。我们一行五个人沿着太平洋海岸公路驱车前进，一边喝着墨西哥的特卡特啤酒，一边兴奋地聊着等到了墨西哥后一定要把自己灌醉。

史黛西的朋友大声宣告："我一定要喝个烂醉！"随即转头问我："贾斯汀，敢一起喝个烂醉吗？还是你没种？"

我还真不知道她是怎么生出这两个选项的，但我很清楚她想听的答案。

我放声大叫："一定要喝个烂醉啊！"毕竟输人不输阵。

此法果然奏效，大家都跟着欢呼，然后史黛西竟抓了我裤裆一把，这个举动实在很不诱人，而且还有点痛。但那时不管史黛西想用手对我的裤裆做什么，我都会欣然接受。

两小时后，我们终于抵达罗萨里托的旅馆，入住了一个又脏又暗的房间，里面只有一张床、一间浴室，加上三幅油画，画的都是大胸脯的墨西哥女人被西班牙征服者给掳走。我们到了房间，立刻开始一杯接着一杯地喝着刚从旅馆礼品店买来的龙舌兰。我先进浴室，在袜子和棒球帽中各藏了一个安全套，万一我跟史黛西留在外头过夜，也不至于毫无准备。我泼了些水到脸上，顺了顺头发，还刷了牙。

我一走出浴室，就看到史黛西的三个朋友都围着她。史黛西整个人蜷缩成一团，坐在地板上歇斯底里地放声大哭。

"我好想好想彼得！我们竟然真的分手了！"史黛西哭个没完，一旁的朋友只好不断安抚她。

史黛西忽然起身冲进浴室，对着马桶狂吐。接下来一天半，她只跟朋友待在旅馆房间里大吼大叫，一遍一遍重述她与彼得分手的过程。我有两三次都自己跑到酒吧，独自闲晃一小时后，没跟任何人攀谈就又回到旅馆房间，空气中仍弥漫着呕吐物的气味。

星期六下午，我们挤进那台雪佛兰休旅车，开往美墨边境。一路上大家不发一语，史黛西坐在我旁边，全程都在睡觉。等到快越过边境，我才将手机开机，因为之前在墨西哥收不到信号。手机一开，就飞速响了几声，屏幕上显示我有语音信息。我输入了语音信箱密码，才惊觉自己彻底忘了要帮老爸整理花圃。

语音信箱的系统音传入耳中：“您有四通新留言。”

我不禁觉得下一句可能会是：“您死定了。”

第一通留言：“儿子，我是老爸。待会儿帮我去家得宝[①]买些东西再过来，听到留言打给我。”

我的胃开始翻搅，此时又传来系统音：“下一通留言。”

“儿子，你死哪里去啦？不是跟你说四点过来吗？现在都四点十分了，快打给我。”

第三通留言完全是一阵沉默，然后就听到挂电话的声音。我突然松了口气，猜想老爸搞不好已经释怀了。

系统音再度出现：“下一通留言，这是在今天下午三点三十分。”

“你他妈的到底在搞什么鬼？我刚才去你住的地方，你室友竟然说你人在墨西哥！你真的给我跑墨西哥去了吗？！快给

① 家得宝（Home Depot），美国最大的居家用品连锁卖场，类似“宜家”。

我回电话！”

我整个人开始冒冷汗，双腿微微发抖，不巧的是，我们正要经过边境检查站。我敢保证当时我一脸心虚的样子，活像座位下藏有一吨的可卡因，外加行李厢中躲着几名偷渡客。幸好，检查站的巡警最后挥了挥手，准许我们通过。

我们越过边境，才开到第一个岔路，史黛西的朋友就把车停在了路边。

她说：“饿死了，我要去买‘魔术盒’的东西吃。”

“不要，我现在就要回家。”我不耐烦地丢出这句话，而且音调瞬间高八度（这是第一次也希望是最后一次在女性面前发出这种声音）。

“哎，干吗这么凶?！我们只是要去买几个汉堡而已，真是的。”

我幻想着自己跳到前座，一个飞踢把她踹下车，用力甩上车门，急踩油门加速离开。但真实情况则是，我坐在用餐区，看着那四个女生悠哉地享受着手中的汉堡。我打给丹尼，想了解一下情况有多糟。

丹尼说：“你爸看起来很不爽，我跟他说你人在墨西哥。”

我大吼：“你跟他说我在墨西哥？你干吗说啊？”

“因为你确实在墨西哥啊。”

我气得挂断电话。没过多久，史黛西跟她的朋友才漫步回车上。我们继续沿着海岸向北开，一到圣迭戈就先前往史黛西的公寓，我的车还停在那里。我到后车厢拿了背包，二话不说就迅速走向自己的车。

史黛西没好气地说：“呃，那就拜拜啰？”

“嗯，拜……不好意思啰。”我说完就跳上自己的车，把门甩上。

我驱车前往爸妈家，不断盘算着该用什么借口才能解除危机，最后决定不用白费力气了，因为我种下了太多的危险因子，不但惹毛我爸、人间蒸发，还擅自跑到墨西哥——这是压垮骆驼的最后一根稻草。我爸妈对墨西哥有莫名的恐惧，认为一旦跨过边境，就会有毒贩骗你吞下海洛因，一小时后醒来，整个人已躺在装满冰块的浴缸里，一旁的毒贩正忙着摘取你的肾脏。

我在家门口停下车，瞥见车道上停着老爸的车，打开家门，就看到老爸坐在客厅里正瞪着我，好像过去两天都保持这个姿势一样。

他大吼：“你他妈的死哪里去了？”并迅速起身冲向我，颇像一只身形过胖的黑豹。

我说：“等一下，先听我解释。”

我立即搬出一套精心策划的谎言，表示自己忙着在学校写报告，后来又帮朋友庆生云云，东拉西扯一番，他没等我说完就打断。

“墨西哥哎！你竟敢给我跑去墨西哥？他们会把你像猪一样开膛破肚，在你的尸体上撒尿，最后再丢下一句‘欢迎来到墨西哥！’”他吼完又加上一句，“还有，你答应要出现在哪里，就应该出现在那里！”

我大声叫屈：“我知道错了嘛！”

“你知道个屁！大家都担心死了！你妈知道后着急得要命，其他人也是，我还特地去报警，就只为找你！”

“你报警了？”

“对，报警了！”

“那你不是应该打给警察，说你找到我了吗？”

老爸顿时语塞。

“他们会自己发现的。”他的语气忽然有所转变。

我看着他。他很少对我说谎，但只要一说谎，很容易就能观察出来。

我怀疑地问道：“你没报警对不对？”

他说：“我打过电话就对了。”

“是打给警察吗？”

一阵沉默后，他有点不好意思地说：“不是。呃，我本来要报警了，也真的应该报警，但我后来想如果你只是在鬼混，那我不就等于浪费警察的时间了吗？！”

我发觉他的怒气有点消了，应该趁现在亡羊补牢一下。所以我赶紧向他道歉了一番，表示自己被其他事情耽搁，才会完全忘了跟他有约在先，并且不断强调自己的行为有多愚蠢。

我自责到一半，他就插话："好啦好啦，你不用一直说自己哪里笨，这我清楚得很。"

然后他示意我过去，我胆怯地走近。突然间他把我抓住，然后紧紧抱着我，说："小崽子，等你以后当了爸爸，就知道担心的滋味了。对孩子永远有操不完的心，实在是够烦的。你乱来也要有个分寸，别忘了这是你自己的人生，你这个死孩子。"

他说完就放开我，随手抓了包洋芋片。

"去把那瓶番茄酱拿来吧，我们要去叔叔家烤肉，快迟到了。"

我语带犹豫地回答："但我跟丹尼说好要在海滩碰面哎。"希望他能体谅我已安排了其他活动。

"少废话，背包带上！还敢跟我讲这些废话。"

老爸珠玑集

★ 论"议价的真谛"

"你真该看看你妈是怎么教训那个欠骂的店经理的，简直把他骂到狗血淋头。那家店是绝对不敢再惹你妈了。"

☆ On Finding the Best Deal

"Man, you should have seen your mom tear that RadioShack

manager a new asshole. I would venture to say she made a home inside his asshole. That will be the last time RadioShack tries to fuck with your mother."

★ 论"网络服务"

"我才不要……我知道网络是干吗的……我当然知道！但你的朋友都有网络关我屁事。他们的发型都很傻，我就得跟他们一样傻吗？"

☆ On Internet Service

"I don't want it.... I understand what it does.... Yes, I do. And I don't give a shit if all of your friends have it. All of your friends have dopey fucking haircuts, too, but you don't see me running to my barber."

★ 论"另类娱乐"

"一边坐着喝啤酒，一边看狗狗对着沙袋发情，其实还蛮有趣的。"

☆ On Nontraditional Entertainment

"There's something to be said for sitting around and drinking a beer while you watch your dog try to fuck a punching bag."

★ 论"职业棒球赛违禁药丑闻"

"麦奎尔服用类固醇有什么好惊讶的？看看他痴肥的样子！根本就该在市集公开展示，只不过要找个衰鬼在后面帮他擦屁股。"

☆ On the Baseball Steroids Scandal

"People are surprised Mark McGwire did steroids? Look at him! He looks like they should have him in a stall on display at the fair with some poor son of a bitch cleaning up his shit."

★ 论"我的好莱坞编剧之梦"

"这就好像你去玩旋转木马，只是不是你骑马而是给马骑。能看吗？"

☆ On My Decision to Try to Make It as a Hollywood Screenwriter

"It's like being on a merry-go-round, except the horse you're riding fucks you."

★ 论"开车经过西好莱坞（我刚到洛杉矶第一年住的地方）"

"这一区好像蛮多 gay 的哟……哎，拜托你，我又不是那个意思。而且，相信我，他们再怎么样都不会想跟你上床啦。人家是同志，又不是瞎子。"

☆ On Driving Through West Hollywood, Where I Lived My First Year in L.A.

"There seem to be a lot of gay people there.... Oh please, as if that's what I meant by that. Trust me, none of them would ever want to fuck you anyway. They're gay, not blind."

★ 论"因为交不到朋友而感到孤单"

"你自己有没有出去晃晃，找人聊聊天，努力去认识人啊？……鬼扯！利用洗车的空当儿跟人瞎聊哪里叫努力？！"

☆ On Being Lonely and Having Trouble Making Friends

"Have you tried going out to places, talking to people, making an effort?... Bullshit. Talking to someone in a Jiffy Lube waiting room is not making an effort."

★ 论"自吹自擂"

"要是我的话，才不会这么得意……哦，第一，只有坐在你后面的小女孩露出钦佩的眼神；第二，店家并不会因为你一连吃了两份早餐，就颁一个奖牌给你的啦。"

☆ On Bragging

"I would simmer down a bit if I were you.... Well, for one, the only one who was impressed was the little girl sitting behind you, and for two, they don't exactly hand out Medals of fucking Honor for eating two Denny's breakfast plates in one sitting."

★ 论"应付吵闹的邻居"

"你跟他们反映过吗？……他们的块头比你大吗？……你怕被揍吗？……原来如此，早知道就先问这个问题，免得浪费时间。这样的话，你也只有乖乖忍受噪声啰。"

☆ On Dealing with Loud Neighbors

"Have you told them it bothers you?... Are they bigger than you?... Are you afraid of getting your ass kicked?... Ah, okay, I probably should have asked that question first, woulda saved time. Yeah, you're just gonna have to deal with the noise, son."

Shit My Dad Says

我老爸的胡言乱语

No. 15

家人是你一辈子的依靠

At the End of the Day, at Least You Have Family

No. 15

“这下可以了吧，你妈觉得你很帅，今天应该够你开心的了吧。”

“So there you go. Your mother thinks you're handsome. This should be an exciting day for you.”

我大学毕业两个月后，终于离开了圣迭戈的家，搬到洛杉矶住。由于我大学念的是广电专业，又主修写作，便决定踏上编剧这条路。

在九月的某个晚上，我和艾文分别向家人宣布自己的职业目标。

“听好，这不是件容易的事，你一开始绝对会吃很多苦，但只要咬咬牙挺过去，就有成功的机会。”这是老爸给艾文的忠告，艾文想成为一名专业潜水员。

然后我分享了自己的计划，他在二十秒后给我的忠告则是：

“作好心理准备吧，你绝对会碰上一拖拉机的晦气事。”

但老爸其实对我很有信心，也完全支持我的决定，他甚至主动表示要帮我付前三个月的房租，协助我早日独立自主。

“我想说，如果等我死了再给你遗产，搞不好到时你根本不需要，那遗产有屁用啊？倒不如你现在需要的时候给你，而且我还打算老了以后，把剩下的钱拿去吃喝玩乐呢。”

我在西好莱坞找到一栋灰白色的公寓式建筑——仅有十户人家住，便跟一个大学朋友合租了一套两居的公寓，她也梦想有朝一日能在演艺圈发光发热。公寓墙上的油漆已渐剥落，地毯上布满污渍，十分适合当《犯罪现场调查》任何一集的道具。

我刚搬来的时候，洛杉矶对我而言可谓是完全陌生的城市。虽然我生长于南方的圣迭戈，离洛杉矶不过两小时的车程，但我几乎从未造访过这座大城市。老爸曾说：“洛杉矶就像是圣迭戈的姐姐，只不过丑了点，而且还长了疱疹。”我没多久就发觉，这句话其实有几分道理。

我的室友非常优秀且工作认真，搬到洛城不到两个星期，就获得某制片公司的实习机会，还找到一份全职工作，足以负担日常生活开销。我连行李都还没整理完，她就已经开始工作了，每周高达九十至一百小时，我几乎没见过她几次。至于我，平日多半忙着投简历给各个制片公司，征询实习机会，同时也到处寻找合适的工作。最后唯一找到的工作，是发送租房指南给洛杉矶地区各家 7-11 分店。因此，每天早上我得前往一个大仓库，把一摞摞小册子装到货车上，接下来八小时则辛苦找路，弄清楚到底该把小册子送到哪家分店，过程有如无聊透顶的洛杉矶市区风光，而且工作性质纯属兼职，赚不了什么钱。

我在洛城唯一的好朋友是派翠克，他是我的写作伙伴。学生时代，我们曾经一起执导短片，并为一部剧情片撰写过剧本。虽然作品都难登大雅之堂，但我们乐在其中，学到不少东西。而且最重要的是，我们合作无间，也懂彼此的幽默。派翠克到洛城居住比我早，便常跟我分享一些生活上的注意事项。但除了他，我平时固定会见到的人，就只有家门前有易装癖的那些妓女。我搬到洛杉矶几星期后的某天，有个妓女主动走过来和我攀谈；眼见有机会和不认识的人聊天，我的内心其实是感到一丝欣喜的。

她指着我那辆白色福特漫游者说："这是你的车吗？"

我回答："对呀。"

"我有个姐妹昨晚不小心吐在上面，不过我帮你洗掉了，只是想跟你说声抱歉。"语毕就转身离开。

于是，我生平第一次想家。

Shit My Dad Says

应付吵闹的邻居

“你跟他们反映过吗？……他们的块头比你大吗？……你怕被揍吗？……原来如此，早知道就先问这个问题，免得浪费时间。这样的话，你也只有乖乖忍受噪声啰。

On Dealing with Loud Neighbors

"Have you told them it bothers you?... Are they bigger than you?... Are you afraid of getting your ass kicked?... Ah, okay, I probably should have asked that question first, woulda saved time. Yeah, you're just gonna have to deal with the noise, son."

离家一个月后，我才打电话回家问好。老爸问：“新生活过得怎么样啊？”

“哦，还不错啊。”我不想让他发现我心情低落。

“不错你个头，少骗我，我听你的声音就知道不对劲儿。”

“过得不太好啦，老爸。”

我把过去一个月以来的事都跟他说了，憋了一段时间的情绪也得到宣泄。

他笑着说：“以后如果我问你过得好不好，当然希望你不要有所隐瞒。”

“听着，你才搬过去一个月，这种鸟日子每个人都需要时间适应，就连史蒂芬·斯皮尔伯格也不是一个月就成名的，他以前搞不好还是个比你还不受欢迎的大混账！”

老爸又跟我闲话家常了几分钟，聊了一下橄榄球比赛、老哥和老妈的近况等，聊完后我心情也好多了。于是我继续努力打拼。两个月后，我开始在帕萨迪纳旧城区的“鳄鱼咖啡馆”当服务生，这家餐厅基本上类似 Friday's，只不过风格比较低调。获得这份工作实在没什么好炫耀的，但老爸可不这么认为。

“鬼扯，这工作很棒啊！在洛杉矶要找个服务生的工作可不简单，毕竟工作都被一堆烂演员给抢走了。我和你妈都以你为荣，所以要带你出去庆祝庆祝。”

“爸，真的不用啦。”

“不用个屁。”

（“屁”是老爸的口头禅，意思会随着抑扬顿挫的语调而改变。这次是指：“这件事没有你多嘴的余地。”）

老爸老妈要我学会肯定自己，他们知道唯有如此，我才不会对成功轻言放弃。我毕竟不是查尔斯·布可夫斯基[①]，不会因为生活不顺就变成文学奇葩，等着赚取源源不断的版税。

老爸在挂电话前，还强调了一句：“我要带你去吃劳瑞斯的牛排！”

劳瑞斯最有名的就是调味盐，几乎各大超市都卖，不过旗下的“劳瑞斯牛排餐厅”也相当知名，洛杉矶那家分店向来是老爸的最爱。我们打完电话后没多久，他就要老妈帮他申请一个电子邮箱（他终于答应安装网络了），只为了给我传劳瑞斯官方网站的链接。邮件主题为“劳瑞斯”，内容只有“这才叫顶级牛排！”及餐厅菜单的链接。

第二周周五，老爸老妈开着艾文的雪佛兰来接我，因为他已经在夏威夷展开了潜水事业。

我一上车，老爸就兴奋地说：“准备去吃超赞的顶级牛

① 查尔斯·布可夫斯基（Charles Bukowski，1920—1994），美国当代写实作家。年轻时曾有一段时间放浪形骸，荒淫无度，种种体验均化为笔下题材。擅长描写社会底层卑微不堪的事情，著作包括小说及诗集。《时代》杂志称其为“无赖的桂冠诗人”。

排啰！”

他接着就问了我一连串的问题，包括写作进行得如何、洛杉矶的生活如何等，反正任何想得到的问题他都不会放过。二十分钟后，我们抵达位于威尔夏及拉辛尼加大道路口的劳瑞斯餐厅。我事先邀请了派翠克，他在大厅与我们会合，然后一行四人入座。服务生刚送上酒，老爸就举杯敬我和派翠克。

“敬你们两个好小子，单枪匹马来这鬼地方追求梦想，真有种。也要恭喜贾斯汀找到新工作。”

我压根儿没想到这种穷酸的工作也值得他敬酒，但老爸是真心引以为傲。

我们这桌的女服务生金发碧眼，虽然身穿难看的劳瑞斯餐厅制服，但无损她美丽的外表。不出我所料，我老爸随即进入“调情模式”，开始问她一堆问题，像是劳瑞斯餐厅的历史、顶级牛肉、调味盐等，然后进一步探听人家住哪里（好莱坞）、平日做什么工作（演员）之类。老妈后来不小心点到菜单上唯一的海鲜料理，老爸就想借机大做文章。

他兴致盎然地跟我妈说：“噢，琼妮，别让我笑死。哎，笑死我啰！这里是劳瑞斯，就是要吃顶级牛肉，哪有人来这里点海鲜啦！”然后转头望着那个服务生，“你说是不是，是不是呀？”

尽管老爸总是否认自己会打情骂俏，但他调情时那副德行早就是家中的一大笑话了。我们只要提起这件事，他就回答说："拜托，我是已婚男人哎，我绝不会搞外遇的。要是有外遇，你妈会把我阉了，我何必自找苦吃。你妈可是有意大利的血统，绝不会饶了我的。"

老爸除了对美丽女子有极大好感外，对服务生更是如此。他向来觉得他们认真工作，却常受客人颐指气使，所以只要出去吃饭，他给的小费都很可观，往往是账单的三分之一。那次用餐后，我瞥了一眼账单，共约二百二十美元，这是我吃过的最贵的一顿饭，而且其实我们家很少出去吃大餐，所以想必对他而言，这顿晚餐的意义非凡。我还盯着账单看的时候，就看到他写了八十美元当小费。

凭我在餐饮业摸爬滚打八年的经验（其中五年是做服务生），我可以告诉各位，我们这一行跟跳脱衣舞一样：只要拿钱出来，我们就会假装喜欢你。那位女服务生一见到小费，立刻神采奕奕地走过来，继续和我们闲扯。老爸一听她还单身，就指着我说："这小子也单身，他现在就住在洛杉矶，你们可以交往交往。"依照他的逻辑，只要两个人住在同一座城市，应该就可以上床了。

十分钟后，我们终于起身准备离开。老爸一边往餐厅门口走，一边向眼前每一位餐厅员工道谢，好像自己是刚获得奥斯卡金像奖的巨星，意气风发地走下舞台。然后他在柜台拿了根牙签，放进嘴里，漫步出餐厅大门。我们跟派翠克道别后，待泊车小弟把车开来，老爸就上了驾驶座，老妈坐前座，我则坐在后座。三个人沉默了好一会儿后，老爸看着后视镜对我说："那个女服务生，对你很殷勤啊？她跟你聊了十来分钟。"

"才没有。那是因为你给了她很多小费，她才会那么热情。而且你叫她详细解释牛肉调味方式，这就占了八分钟。"

我们父子俩越辩越激烈，他坚持那女的喜欢我，我则完全不信，最后老爸干脆大吼："好啦，她觉得你是王八蛋！你说得都对，是我在胡扯！"

然后气氛凝滞了十五秒，老妈转过头来看着我，微笑着对我说："我觉得你很帅呀！"

老爸大声说道："这下可以了吧，你妈觉得你很帅，今天应该够你开心的了吧！"

接下来一路上我们都没怎么说话，老爸凭着他 20 世纪 60 年代末期住在洛杉矶的记忆，不时指出他认得的地标。抵达我租的那栋公寓后，他便把车停在街旁。

我说："我下车就好，你不用停车啦。"

"鬼扯。"他边说边拉起手刹。

结果老爸老妈两人都下了车，老妈给我一个大大的拥抱，说她很爱我，也以我为荣。然后换老爸用他一贯的熊抱，把我整个人用力抱住，紧到让我简直难以呼吸，还用右手拍了拍我的背。

他说："不要等到大事发生后才想到打电话回家，不要有这种想法，否则还要好久才接得到你的电话。"

"知道啦。"

"你现在很努力，懂得抓住机会，我觉得很了不起。或许你觉得自己的工作很烂，但记住，我一点也不觉得烂。"

"知道啦。"

"对啦，你什么都知道，所以才会一边听同志邻居亲热一边打手枪啦。"

"爸，我们站在他们公寓前面哎。"

他笑了笑，又抱了我一下说："再怎么样，你都还有我们。我们是你的家人，绝对挺你，除非你哪天给我跑去大屠杀什么的。"

这时老妈赶紧把车窗摇下，煞有介事地说："我到时候还是会爱你哦，小汀，只不过我会想知道你为什么要杀人。"

老爸坐回驾驶座后，又越过我妈把头探到车窗外说："记得哦，全家都挺你。还有，我要怎么开回五号州际公路啊？这里的路真是他妈的难找。"

老爸珠玑集

★ 论“机上提供的酒类饮料”

“飞机上的威士忌难喝死了，简直跟尿没什么两样。你喝不出来的啦，因为你什么玩意儿都喝，我可不一样。”

☆ On Airlines' Alcohol Selection

“They serve Jim Beam on airplanes. Tastes like piss. You wouldn't be able to tell the difference, because you drink shit. I don't.”

★ 论“管理银行账户”

“账户透支被收手续费有什么好生气的……不对不对，这就是你的问题了，把手续费当成一种罚金，其实是给你个当头棒喝，让你知道自己是个乱花钱的呆瓜。”

☆ On Managing One's Bank Account

“Don't get mad at the overdraft charge.... No, no—see, there's your problem. You think of it as a penalty for taking out money you don't have, but instead, it might help you to think of it as a reminder that you're a dumb shit.”

★ 论“企业吉祥物”

“真喜欢达许夫人，这小妞儿还会做香料……我的天，琼妮，那只是玩笑话啦，我说着玩的啦！达许夫人根本不是真人好不好，真够衰的！”

☆ On Corporate Mascots

"Love this Mrs. Dash. The bitch can make spices.... Jesus, Joni, it's a Joke. I was making a joke! Mrs. Dash isn't even real, damn it!"

★ 论"了解自己在家中的地位"

"你妈昨晚做了一些肉丸子，一些给你，一些给我。但我的肉丸子比较多，切记我比你多。"

☆ On Understanding One's Place in the Food Chain

"Your mother made a batch of meatballs last night. Some are for you, some are for me, but more are for me. Remember that. More. Me."

★ 论"生日"

"给我听好了，我才不管你记不记得我的生日，因为我不需要有人提醒我自己快进棺材了。但是你妈还是喜欢每年过生日，所以不管你有什么鬼计划都给我取消，立刻开车回家帮她过生日……好吧，那你就祈祷她突然改变主意，不再重视这些无聊的人生大事啰。"

☆ On Birthdays

"Listen, I don't give a fuck if you forget my birthday. I don't need people reminding me I'm closer to death. But your mom, she still enjoys counting them down, so cancel your fucking plans and drive down here for her birthday party.... Fine, I'll let you know if she changes her mind and ceases to care about meaningless milestones."

★ 论"适量运动"

"我在健身器械上待一小时了，满身大汗而且想大便。我的腰包呢？运动结束。"

☆ On How to Tell When a Workout Is Complete

"I just did an hour on the gym machine. I'm sweaty, and I have to shit. Where's my fanny pack? This workout is over."

★ 论"衰老"

"你妈跟我昨晚看了一部很棒的电影……我不记得电影叫什么名了。反正是关于一个男的，不对不对，等一下——哎哟，人老了真的很没用。"

☆ On Aging

"Mom and I saw a great movie last night.... No, I don't remember the name. It was about a guy or, no, wait—fuck. Getting old sucks."

★ 论"应有的热烈程度"

"听到没？你哥订婚了！……'是哦'？什么叫'是哦'？那是什么烂反应？……不行，这样还是太冷淡了，你至少要翻个筋斗什么的才对。"

☆ On the Proper Amount of Enthusiasm

"You hear that? Your brother's engaged!... 'Yeah'? Did you just say 'yeah'? What the fuck is that?... No, that's not gonna fucking cut it unless you say it while you're doing a somersault or something."

Shit My Dad Says

我老爸的胡言乱语

No. 16

务必珍惜互相依赖的感觉

Sometimes It's Nice When People You Love Need You

No. 16

“听着，这只狗喜欢蒜盐粉的味道，我当然就帮它加蒜盐粉啊。”

“Listen, the dog likes garlic salt, so I give him fucking garlic salt.”

在洛杉矶住了一年后，我决定要养狗。请注意，我不是“觉得可以养”或是“考虑要养”，而是真的要养一只狗，其他宠物一概不考虑。

小时候，我很喜欢跟家里的狗布朗尼玩，尤其在两个哥哥都离家后，它更成了我唯一的玩伴。狗具有一项令我十分钦佩的特质：随时想做什么就做什么。记得十三岁那年，某天吃晚餐的时候，我看到布朗尼在后院奋力地舔着身体，就这样舔到射在自己脸上，然后便趴下睡觉，好像刚才什么事都没发生一样。我完全没兴趣自慰，不过还真佩服布朗尼，可以为了获得快感而无所不用其极。

大学毕业一年后，我在一家高档意大利餐厅当服务生，待遇颇丰，一星期只需工作三天便足以支付生活开销。其他时间，我几乎都在房间埋首写稿。坦白说，那时觉得养狗着实增加了生活乐趣。

好友丹尼问我："你连自己都快照顾不过来了。那你要把狗养在哪里呀？"

我说："公寓里啰。"

"你又没有院子，狗狗要在哪里大小便，哪里可以给它跑咧？狗一定要有地方活动，不能只窝在公寓里呀。"

"那就养小型狗呀，如果我养的是小型狗，公寓不就显得很大了吗？"

我知道老爸八成也会有类似的反应，所以就没跟他说这件事，也没告诉那些可能把事情说漏嘴的家人。至于我室友，因为从小家里就养狗，所以也没有反对。于是，我就驱车前往位于洛城东北方约八十公里处的兰卡斯特市流浪狗收容所。我经过一条又一条的走廊，目光遍及两旁的狗笼，有些狗满脸哀伤，有些则龇牙低吼，一直没看到适合我的小狗。

我跟带我参观的收容所员工说："我想要只不会长大的狗。"

她要我放心，一定会帮我找只小型狗，之后就带我走到一个笼子前，里面有六只棕色的小狗。我不知道它们的品种，只觉得看起来颇像杂种狗，遂指明要最小的一只。一星期后，给小狗打完疫苗，我便前往收容所带它回家。我给它取名为安格斯，以摇滚乐团 AC/DC 的吉他手安格斯 · 扬为名。

但带回家没养多久，我便发觉这真是自找麻烦。安格斯确实好玩又可爱，但是精力过于旺盛，还有极严重的“被抛弃妄想症”。我只要留它独自在家，回来就会发现客厅地毯上沾满狗屎。安格斯想必是因为我不在家，一气之下（或伤心之下）就随地大便，再踩得屋里到处都是，俨然在重现抽象画家波洛克[①]的大作。起初我以为它是单纯想大便，所以我出门前就先带它到外面把大小便一次解决；没想到我回家后，仍见满地黄金。我只好拿出清洁用具收拾干净后，去外面晃上个一小时，等屎味散去才敢回家。我那位室友对此一直十分体谅，但后来连她也无法忍受了。

领养安格斯两个月后，我某天回家发现放狗食的橱柜是开着的，一颗颗球状的狗食散落厨房一地，显然它曾跑到里面翻找过食物。照理来说，平常我回到家，安格斯都会兴奋地摇着尾巴、流着口水前来迎接我，但那天却毫无动静。我望向客厅，

① 波洛克（Jackson Pollock，1912—1956），美国抽象表现主义代表人物，善于以滴漏和喷溅的方式在布上挥洒颜料，绘制出没有特定结构、线条复杂难辨、色彩变幻无常的网。

才看到它四脚朝天躺在沙发上，狼狈的样子活像参加大胃王比赛的选手，经过两次延长赛才终于获胜。

我拉长了声音大喊：“安格斯，不要死……”

安格斯把它那个胀得圆滚滚的肚子转向我，眼神迷蒙，那是我这辈子第二次看到这种眼神。第一次是某个姐妹会成员在我大学宿舍前醉得摇摇晃晃时，她看了我一眼，下一秒就吐了出来，呕吐物呈抛物线喷射到地上。不过幸好这位小姐并没落得跟安格斯一样的下场。

我扶着安格斯肚子的两侧，一举把它抱起来，接下来的情形犹如输液袋的洞被扯开一般，一道道“大便”从它屁股喷射而出，飞溅到沙发和地板上。这成了压垮我耐性的最后一根稻草，又脏又臭的家具带来了视觉与嗅觉的双重刺激。我即便百般不情愿，也知道我无法再逃避现实了——该把安格斯送人了。

但我真的很爱它，所以我希望把它送给熟人，这样我才能不时去探望它。但我的两个哥哥和其他朋友一得知我的请求后，想都不想就拒绝了。这下子只剩我爸妈了。他们的后院很大，而且安格斯长得飞快。收容所的人明明说它的体重顶多到十三四公斤，但如今才四个月大，就已经接近十六公斤了。

安格斯长得很讨喜，所以最好的办法，就是先若无其事地把它带给爸妈看，再找机会把这烫手山芋丢给他们。我不太担心老妈，她向来都很好讲话，重点是看老爸的脸色。

于是，四月某个阳光明媚的周六早上，我开车回圣迭戈，一路上安格斯都乖乖坐在我的大腿上。我就这样突然抱着安格斯走进家门，好像它是特大号的婴儿。

“哇，好可爱的狗狗哦！”老妈本来在煮饭，一看到安格斯，就立刻从厨房里走出来摸摸它。

“这只狗真的蛮漂亮的。”老爸边说边伸手揉了揉它的耳朵。

“等一下，这是谁的狗啊？”老妈起疑了。

“呃，事情是这样的……”

我开始解释事情的来龙去脉，含糊带过一些细节，免得让他们觉得我是一时冲动或发现安格斯其实是个大麻烦。

老妈听了之后表示：“我们不能养这只狗，这可是你的责任，不能因为你自己不想养，就要我们帮你养。”而且越说越激动。

这完全在我意料之外，让我不禁担心起来，因为如果连老妈都是这种反应，还真不敢想象老爸会作何感想。他沉默了一会儿，然后把安格斯抱起来。

“那就给我们照顾吧。”

“山姆？”我妈跟我都一脸惊讶。

“不过是只狗嘛，又不是贾斯汀把别人肚子搞大了，抱着婴儿回家要我们养。”

我笑着说：“对呀，又不是那样。”

Shit My Dad Says

应有的热烈程度

“听到没？你哥订婚了！……‘是哦’？什么叫‘是哦’？那是什么烂反应？……不行，这样还是太冷淡了，你至少要翻个筋斗什么的才对。”

On the Proper Amount of Enthusiasm

"You hear that? Your brother's engaged!... 'Yeah'? Did you just say 'yeah'? What the fuck is that?... No, that's not gonna fucking cut it unless you say it while you're doing a somersault or something."

老爸厉声道：“你他妈的最好不要给我那样搞。”他似乎不觉得好笑。

老爸把安格斯抱到屋外，揉揉它的肚子，再把它放到地上。

他跟安格斯说：“这里就是你的新家啰，你爱在哪里大小便都可以。”

我那时忽然感受到以前初次赌博就赢钱的心情，那年我二十一岁，在拉斯韦加斯玩吃角子老虎机，竟然赢了一百美元。虽然还不太清楚发生了什么事，但知道自己应该见好就收。

“那就这样啰，我得先走了，明天还要上班，开车也要一段时间，所以……”

草草道别后，我就快速往车道走，上了车，驱车开往北方的洛杉矶。

我大概两个月回家一次，每次回去都发现安格斯比之前更大了。八个月后，它的体重竟逼近五十公斤，看起来就像吃了类固醇的史酷比狗。

某次我回去时，忍不住问老爸：“爸，它也太……壮了吧。你都喂它吃什么啊？”那时安格斯差不多刚满一岁。

“它的早餐是二百五十克的绞牛肉、二百五十克的马铃薯，外加两个蛋。我会把这些食材全煮在一起，再加点蒜盐粉。”

“蒜盐粉？它一定要有蒜盐粉才吃吗？”

“听着，这只狗喜欢蒜盐粉的味道，我当然就帮它加蒜盐粉啊。”

“所以，它……每天吃下约三千卡路里的东西吗？”

“可能更多吧，因为我晚上会煮同样的东西，再喂它一次。”

“我的妈呀，爸，难怪它看起来可以去参加摔跤比赛了。”

老爸说他起初买的是市面上的狗粮，但安格斯还是最喜欢吃人吃的食物。

“这样不是很辛苦吗？根本就是你在伺候它嘛。”

老爸把一碗准备好的食物，拿到屋外要给安格斯吃，我也跟了上去。安格斯一闻到食物的味道，马上兴奋地跳起来，把狗掌放在老爸胸前，像是见到失散多年的情人。

“好啦好啦，乖乖的，小崽子。”老爸接着转头跟我说，“是很辛苦没错，但它现在是我朋友。”

我真不敢相信老爸会说这种话，难不成上了年纪的人都这么多愁善感？

“你他妈的别摆出那副嘴脸，我可没疯。大家不都说狗是人类最好的朋友吗？这句话又不是我发明的。”

我赶紧说很高兴看到安格斯成为他的好朋友。

“你也知道，我本来其实并没特别喜欢狗。我的意思是，布朗尼虽然是条好狗，但它是你哥的狗。我以前在农场也养了很多狗，不过那都是工作犬。我想你们兄弟一个个离家，你妈又在忙工作的事，养一只每天依赖我的狗倒也不错。你看，它还把我的玫瑰花圃给踩烂了—— 安格斯，去你的，这个小兔崽子。”他边说边指着原本种红玫瑰的花圃，现在只剩下被翻搅得乱七八糟的土壤了。

“它跟你蛮像的，有够烦人的，但我很爱它。而且它老爱随地拉屎，这点跟你最像了。”老爸露出得意的笑。

咆哮吧！老爸！

Screw

名词义为“螺丝钉”或“螺旋”，也可指“性交”，两者的关联不言自明。当动词使用时，依据不同情境会产生各种意思，可能为“做爱”、“压榨”、“欺骗”等。本词的许多用法与 fuck 有异曲同工之妙。

老爸珠玑集

★ 论“我负责接机”

“我那班飞机星期天早上九点半落地……你想看什么？《广告狂人》是什么鬼东西啊？你他妈的要是敢不来接我，我绝对让你看看谁才是真正的狂人。”

☆ On Airport Pickup Duties

“My flight lands at nine-thirty on Sunday.... You want to watch what? What the fuck is *Mad Men*? I'm a mad man if you don't pick me the hell up.”

★ 论“期望值太高的后果”

“你哥今天早上把小宝宝带来了，说什么已经会站了。结果会站个屁，根本只是坐着发呆，太令人失望了。”

☆ On Built-Up Expectations

“Your brother brought his baby over this morning. He told me it could stand. It couldn't stand for shit. Just sat there. Big letdown.”

★ 论“犬类的休闲娱乐”

“这只狗哪有觉得无聊啊！难不成要我给它魔方玩吗？哎哟，它是只狗哎。”

☆ On Canine Leisure Time

“The dog is not bored. It's not like he's waiting for me to give him a fucking Rubik's Cube. He's a goddamned dog.”

★ 论“播音员”

“这些播音员到底什么时候才会闭嘴啊？自以为有事要宣布就说个没完，这就是标准的扯淡。”

☆ On Talking Heads

“Do these announcers ever shut the fuck up? Don't ever say stuff just because you think you should. That's the definition of an asshole.”

★ 论“冗长的事”

“这根本就是鬼话连篇，我半句都听不懂，等你学会说人话再跟我聊吧。”

☆ On Long-Winded Anecdotes

“You're like a tornado of bullshit right now. We'll talk again when your bullshit dies out over someone else's house.”

★ 论“当天的发型”

“你们这个年龄的人到底会不会梳头啊？哎哟，简直像两只松鼠爬到头上在交配哎。”

☆ On Today's Hairstyles

“Do people your age know how to comb their fucking hair? It looks like two squirrels crawled on their head and started fucking.”

★ 论“紧跟前面的车”

“你跟前面的车离那么近干啥……是啦，你是大忙人，就算没你的事也是很赶。"

☆ On Tailgating the Driver in Front of Me

"You sure do like to tailgate people.... Right, because it's real important you show up to the nothing you have to do on time."

★ 论"老哥的小孩迟迟不会讲话"

"小宝宝迟早会讲话的啦，别在那边大惊小怪，搞得好像他知道什么癌症新疗法却死不肯说似的。"

☆ On My Brother's Baby Being a Little Slow to Start Speaking

"The baby will talk when he talks, relax. It ain't like he knows the cure for cancer and just ain't spitting it out."

★ 论"生小孩的时机"

"什么时候生小孩都很麻烦，但做爱永远不嫌麻烦。老天爷又不是白痴，这种问题交给他伤脑筋就好。"

☆ On the Right Time to Have Children

"It's never the right time to have kids, but it's always the right time for screwing*. God's not a dumb shit. He knows how it works."

Shit My Dad Says

我老爸的胡言乱语

No. 17

务必用心倾听

You Have to Listen, and Don't Ignore What You Hear

No. 17

“有时候呢，床头柜上明明有张百元大钞，你却怎么也没注意到，过了好一阵子才发现。人生嘛，难免会觉得自己弱爆了呀。”

“Sometimes life leaves a hundred-dollar bill on your dresser, and you don't realize until later it's because it fucked you.”

如本书自序中所言，我二十八岁那年因为跟女友吹了，才回到爸妈家住。这次的分手是和平收场，并没有上演全武行或互飙三字经，我也没有撂下一句“去死啦你”就甩门而出。先前我的确有几次不愉快的分手经历，例如某位前任女友在分手时撂下的最后一句话是：“去死算啦，你这个废物！”这种分手很容易就可以抛诸脑后，毕竟前女友都叫你“废物”了，你应该不会期望她半夜突然跑来跟你复合。老实说，我和前几任的感情都没有这次谈得认真，我和这任女友交往三年了，十分笃定我们两个真的适合彼此，结婚也只是早晚的事。

她决定跟我分手时，并没有给出一个明确的理由，只知道这段感情中某个重要的东西已不复存在。至于少了什么，我们两个都说不上来，感情就莫名其妙地走不下去了。所以我刚搬回爸妈家的时候，整个人非常消沉。我平时绝不轻易表露自己的情绪，但这次老爸一眼就看出我有心事。

回家一星期后，某天我正在吃早餐。老爸过来把手放在我肩上说：“有时候呢，床头柜上明明有张百元大钞，你却怎么也没注意到，过了好一阵子才发现。人生嘛，难免会觉得自己弱爆了呀。”

我说：“没关系啦，你不用说这些来安慰我。”

“这是什么话？！我当然知道。但我想还是要多少说一下，不然直接从你手中抢走麦片就走人，感觉有点无情。”他笑了两声，想让气氛轻松一下。

第二天，我清晨六点就醒了，翻来覆去就是无法再度入睡，便穿着四角裤，如游魂般晃进客厅。老爸那时正坐在餐桌前，一边吃麦片，一边看报纸。

我问：“你几点起床的啊？”

“哦，不知道，大概五点吧，跟平常一样。”

我又问：“哇，也太早了吧。干吗这么早起床？”

“一向如此。”

“何必呢？你都退休了，早起干吗？”

他放下报纸，不爽地说：“臭小子，你这是在质问我吗？我这个人就是习惯早起，你他妈的想怎样？”然后就继续看报纸。

过了一会儿，他又放下了报纸。

“那你又为什么这么早起？”

我说我醒来后就睡不着了。他站起身，走进厨房，倒了杯咖啡给我。

他手里握着一只马克杯，里面装满了黑咖啡，问道：“咖啡要加那个什么东西吗？”

“奶精吗？要，帮我加个奶精。”

他把咖啡放在桌上，又走回去看报纸。我自己倒了碗麦片来吃，两个人就这样默不做声了几分钟。跟女友分手的事很快又占据了我的整个脑袋，脑中不断浮现过去美好的时光，画面有如 20 世纪 80 年代的电影中俗不可耐的蒙太奇片段：内心备受煎熬的男主角，遥想自己与前女友曾手牵手漫步在海滩上、喂可爱的小狗狗吃东西、彼此抹着鲜奶油开始嬉闹拉扯，等等。为了终止脑海里的这些残余意淫，我大声说：“哎哟，一想到这件事，我就提不起精神啦！”

老爸把报纸往下一折，看着我说：“你就不要硬逼自己去想嘛。”

“我知道呀，但说得容易，而且我还有东西放在她家，东西该怎么处理啊？我还有一台电视放在那里。”我一边说，一边用汤匙玩起麦片来。

“管那么多，就留在那里，要切断所有联系。”

“但电视可花了我一千五百美金。”我心有不甘。

“妈的，那还不赶紧把电视搬回来！”

我自己也不清楚这段对话的意义何在，但心情并没有因此转好。于是我就去冲了澡，穿好衣服，开始帮 Maxim.com 写稿。讽刺的是，那次刚好要设计一个流程图，详细解释男女争吵时大脑的差异。我就这样一直忙到中午十二点半，看到老爸走进客厅，背着他的破腰包，想必是准备出门了。

“午餐我请客。快把拖鞋穿上，走吧。”

我心不甘情不愿地从沙发上起身，勉强跟他走出门，坐上他的车，前往附近一家我大爱的意大利餐馆——我平时很喜欢去那里吃午餐。我们找了个沐浴在阳光里的露天座位坐下来，面前是一艘艘停泊在圣迭戈港的白色帆船及汽艇。女服务生端来一篮大蒜卷与两杯冰红茶。

老爸小啜一口茶，抬头看着我说：“你了解我吗？了解个屁。”

“呃，所以……”他到底想说什么？

“我的人生，你连个屁都不了解，因为我向来不随便说的。”

我这才发觉他说得没错。的确，我只对老爸的出身略知一二：他在肯塔基州一座农场长大；在越南服役；和前妻生了两个儿子，但前妻生完我哥艾文就因癌症过世了；九年后，他与我妈结婚；核子医学专科医师，专门研究癌症。仅止于此。仔细想想，我的亲朋好友之中，老爸可能是最难交心的人。

他边咬大蒜卷边跟我说："我二十多岁时，非常迷恋一个女人，她漂亮极了，是那种天生的美女，而且活泼大方。"

我们这些做子女的，都常以为（也希望）爸爸妈妈只跟彼此做爱，而且做爱次数足够生下我们即可，所以听老爸滔滔不绝聊着老妈之外的女人，我还真觉得有点怪，毕竟他以前从来没提过。尽管如此，我仍然听得津津有味。

"所以我跟她交往了一阵子，还是好一阵子。然后有一天，我们聊着聊着，我告诉她，我很爱她。但是她却看着我说：'我不爱你，而且永远都不会爱上你。'……那个，我要意式腊肠比萨配沙拉。"说到一半，他忽然转头跟女服务生点餐，她本来尴尬地站在桌旁，似乎不好意思打断我爸的讲话。

我点完餐后，服务生就离开了。

我问道："那你的反应是什么？"

"我就说我会努力，或许她当时不爱我，但终究有一天会爱上我。"

"那她说什么？"

“她说好，我们也就继续交往。后来我们开始吵架，而且越吵越凶，我才发现自己犯了大错。她的青春就这样白白浪费在我身上，但我还是不知道该怎么抽离这段感情。她后来生了重病，奄奄一息。”他深深吸了一口气，若有所思，似乎在脑海中重播某段尘封已久的往事。

“所以我跟她和好如初，陪在她身边，但最后她还是死了。我非常非常难过，觉得这个女人明明不想跟我在一起，也跟我说了，我却当成耳边风。她死前那段日子，竟然是跟一个她不爱的人度过。她走了，我一方面觉得松了口气，庆幸得以从这段感情中解脱出来；但也因为这样，我懊悔得不得了，完全无法释怀。”

老爸往后靠在藤椅上，不发一语。服务生送来餐点，他吃了几口沙拉，然后才又开口。

“每个人都会用自己的方式表达情感，有些人喜欢直接说出来，有些人喜欢用行动表示。但不论怎么表达，你都要用心听。我不知道你跟那个女生会不会复合，我觉得她个性很不错，当然也希望你能把她追回来。但是请记住一句话：用心倾听，凡事不要当做耳边风。”

几个月后，我开始着手写这本书。我去找了许多亲朋好友，从不同角度反复勾勒我和老爸相处时的趣事。我们回想他说过的话、自己说过的话，尽可能拼凑出本书的一些细节。后来，我的稿子接近完成时，老爸有天打电话给我，那时我正在超市买东西。

“喂……”

我问：“嘿，怎么啦？”

他说：“我知道你最后一章要写什么了。”

“哦？”

老爸希望我把上述那段往事放在最后一章。我告诉他，他跟我分享的这件事，对我而言意义非凡。但这毕竟是私事，况且他向来极少跟他人透露自己的心事。我便问他为什么想把它公之于世，顺便损他一下，因为一个月前他还放话说只要有记者找他问问题，就要拿枪指着人家，而现在竟然提出这种要求，实在不像他的作风。

他笑着说：“哦，我想说这本书主角是我跟你啊，我的意思是主角是我，你是配角。我之所以跟你分享，是看到你那时失魂落魄。我想让大家知道，虽然你老爸绝不是什么温柔的人，但绝对是他妈的非常爱你。我之前没跟任何人说，因为没有这个必要。你这孩子还算靠得住。”

“谢啦，百万分谢——”

“搞清楚，你天生就是个大嘴巴，长得也实在不怎么样，但我还是爱你，我也要让大家知道，只要是为了家人好，我做什么事都甘愿。”

Shit My Dad Says

老哥的小孩迟迟不会讲话

“小宝宝迟早会讲话的啦，别在那边大惊小怪，搞得好像他知道什么癌症新疗法却死不肯说似的。”

On My Brother's Baby Being a Little Slow to Start Speaking

"The baby will talk when he talks, relax. It ain't like he knows the cure for cancer and just ain't spitting it out."

大约一个星期之后，我终于把书写完了，熬了一整夜才晃进客厅。老爸一如往常地一边吃麦片，一边看着报纸。

我自豪地说："写完了！我终于把书写完了！"

他说："真不敢相信，你写的东西竟然有人愿意出版？！"

"对啊，很难想象吧？"

"你这辈子从来没出版过什么鬼东西！他妈的连半个字都没发表过！"他还是一脸难以置信的模样（老爸从来不把我在网络上发表的文章当回事）。

他说个没完："我是说，你还真的是什么都没出版过！完全没有！现在你这兔崽子竟然要出书？书店会摆你的书，然后有人会去买？！我的老天爷，他妈的太太太不可思议了。一想到——"

我大声回答："好好好，我知道啦，我这辈子从没出版过什么东西，这是天上掉下来的礼物，我这种人才不配出书，可以了吧。"

"哦。哎，不是啦儿子，我没有要损你的意思，只是实在是太不可思议了，就这样。"他顿了一下，就要我去他旁边的椅子上坐着，然后说，"恭喜啊！老爸以你为荣，来吃点麦片吧。"

他帮我倒了碗麦片，递给我报纸的体育版。我们父子俩开始安静地吃早餐，看报纸。

过了好一会儿，他又抬起头来，摇摇头说：“他妈的，我怎么都想不通，我的意思是，他们还付你钱让你写书，而且不是别人，是你。太神奇了，哇塞。”

致谢!!!
Thank You!!!

写这本书的一大乐趣，莫过于和我哥、我妈，当然还有我爸，好好坐下来一起回忆过去家里发生的点点滴滴。若没有他们的协助，我绝对无法如此絮絮叨叨地重现所有趣味横生的细节，也无法生动刻画我爸的性情。丹尼、艾文、荷西，还有老妈跟老爸，谢谢你们。

我想只要是书写自己的人生，就永远无法客观判断笔下的东西是否吸引读者；幸好过程中我有一群朋友和同事充当军师。在此要特别感谢 Amanda Schweizer、Cory Jones、Robert Chafino、Patrick Schumacker、Lindsay Goldenberg、Brian Warner、Dan Phin、Ryan Walter、George Collins、Andrew Fryer、Katie Deslondes、Kate Hamill、Byrd Leavell 等人的协助和提点。

我实在是非常幸运才有机会将本书付梓，最后要引述我老爸所言：“那就希望会有人买账喽……当然是你希望，我希望个屁。”

图书在版编目（CIP）数据

我老爸的胡言乱语 /（美）哈本（Halpern, J.）著；林步昇译 . —长沙：湖南文艺出版社，2012.8
书名原文：Shit My Dad Says
ISBN 978-7-5404-5542-2

Ⅰ . ①我… Ⅱ . ①哈… ②林… Ⅲ . ①人生哲学—通俗读物 Ⅳ . ① B821-49

中国版本图书馆 CIP 数据核字（2012）第 075116 号

著作权合同登记号：图字 18-2012-98

上架建议：心灵励志

我老爸的胡言乱语

作　　者：（美）贾斯汀 · 哈本
译　　者：林步昇
出 版 人：刘清华
责任编辑：丁丽丹　刘诗哲
监　　制：蔡明菲　潘　良
特约编辑：汪　璐
版权支持：李彩萍　辛　艳
封面设计：黄柠檬
版式设计：崔振江
出版发行：湖南文艺出版社
（长沙市雨花区东二环一段 508 号　邮编：410014）
网　　址：www.hnwy.net
印　　刷：北京通州皇家印刷厂
经　　销：新华书店
开　　本：880mm × 1230mm　1/32
字　　数：120 千字
印　　张：7.5
版　　次：2012 年 8 月第 1 版
印　　次：2012 年 8 月第 1 次印刷
书　　号：ISBN 978-7-5404-5542-2
定　　价：29.80 元

（若有质量问题，请致电质量监督电话：010-84409925）